귀로 보고 손으로 읽으면

귀로 보고 손으로 읽으면

1판 1쇄 인쇄 2023. 7. 28.
1판 1쇄 발행 2023. 8. 4.

지은이 호리코시 요시하루
옮긴이 노수경

발행인 고세규
편집 정경윤 디자인 조명이 마케팅 고은미 홍보 이한솔
발행처 김영사
등록 1979년 5월 17일(제406-2003-036호)
주소 경기도 파주시 문발로 197(문발동) 우편번호 10881
전화 마케팅부 031)955-3100, 편집부 031)955-3200 | 팩스 031)955-3111

값은 뒤표지에 있습니다.
ISBN 978-89-349-7592-2   03830

홈페이지 www.gimmyoung.com   블로그 blog.naver.com/gybook
인스타그램 instagram.com/gimmyoung   이메일 bestbook@gimmyoung.com

좋은 독자가 좋은 책을 만듭니다.
김영사는 독자 여러분의 의견에 항상 귀 기울이고 있습니다.

시각장애 언어학자가 전하는
'보다'에 관한 이야기

귀로 보고 손으로 읽으면

호리코시 요시하루 | 노수경 옮김

김영사

일러두기

• 본문의 각주와 [ ] 안의 내용은 모두 옮긴이의 설명이다.

• '눈으로 보지 않는 부족'을 위한 표지 설명: 점선 스물두 줄이 표지 맨 위부터 층층이 그려져 있다. 맨 위에 있는 점선은 진한 보랏빛이며 아래로 내려갈수록 점선이 연한 보랏빛으로, 자줏빛으로, 그리고 어두운 주홍빛으로 바뀌어간다. 모양 또한 맨 위의 점선은 쭉 뻗은 직선 형태이지만, 아래로 내려갈수록 선의 가운데 부분이 둥근 모양으로 두 번 솟는다. 처음에는 완만하게 솟아 있지만 아래로 내려갈수록 점차 큰 물결처럼 변한다. 이렇게 위에서부터 아래로 배치된 스물두 줄을 합쳐놓으면 살짝 구겨진 천에 그러데이션이 들어간 형태와 비슷하다.

스물두 줄의 선 아래에는 책의 제목인 "귀로 보고 손으로 읽으면"이 왼쪽 정렬로 크게 적혀 있다. 그 아래에는 스물두 번째로 나온 큰 물결 모양의 점선이 위아래 반전되어 그려져 있다. 이 점선의 오른쪽 아래에는 책의 부제 "시각장애 언어학자가 전하는 '보다'에 관한 이야기"가 두 줄로 나뉘어 오른쪽 정렬로 배치되어 있다. 그리고 부제 아래에는 이 책의 제목이 점자 형태로 적혀 있다. 그 아래에는 저자의 이름 "호리코시 요시하루"가, 바로 옆에는 역자를 알려주는 "노수경 옮김"이 나온다. 표지의 맨 위 오른쪽 귀퉁이에는 "정세랑 작가, 김원영 변호사 추천"이라는 글귀가 적힌 보라색 원 마크가 붙어 있다. 표지 맨 아래 오른쪽 귀퉁이에는 출판사 김영사 로고가 있다.

⠈⠏⠃⠵⠀⠐⠞⠀⠀⠐⠞⠀⠐⠝
⠠⠵⠙⠺⠐⠞⠀⠐⠕⠈⠀⠈⠪⠝

보이지 않는 세상을 맛보는 법

2022년에 출판된 내 책이 무궁화의 나라 한국에서 출판되다니, 책이 이렇게 바다를 건너가게 될 줄은 글자 그대로 꿈에도 생각하지 못했다. 영광이다. 출판에 힘써준 분들, 특히 번역을 담당해준 분에게 깊은 감사의 마음을 전한다.

안타깝게도 나는 아직 한 번도 한국에 가본 적이 없다. 그런데 한국어만큼은 어렸을 때부터 친숙하다. 내가 태어난 곳은 [한국의] 동해에 접한 니가타현이다. 집이 바닷가 근처여서 밤에 라디오를 틀면 아시아대륙으로부터 날아온 전파가 잡혔다. 무슨 내용인지는 알지 못했지만 라디오에서 흘러나오는 한국의 음악방송과 드라마에 귀를 기울였다. 제멋대로나마 그

내용과 장면을 상상하는 것이 즐거웠다. 그러다 보니 뜻은 알지 못하더라도 음의 높낮이로 한국어, 중국어, 러시아어를 분명히 구분할 수 있게 되었다. 참 신기한 일이었다. 그래서 혹시 일본어도 음으로 인식할 수 있지 않을까, 그렇다면 어떻게 들릴까 궁금했다. 그런데 나의 모어인 일본어는 아무리 노력해도 음으로 들리지 않았다. 말이 귀에 와닿는 순간, 머릿속에서 바로 뜻과 연결되었기 때문이다. '단 한 번이라도 좋으니 일본어를 음의 흐름으로 들어보고 싶어!' 어릴 때 나는 간절히 희망했다. 그때가 언어의 신비를 처음 만났던 순간인 것 같다. 그래서였을까. 나는 대학에 진학해서 언어학을 전공하게 되었다.

내가 이 책에서 말하고 싶었던 것은 결국 "서로의 차이를 즐기자"라는 한 문장이 아닐까 한다. 신체적인 부분부터 사고방식까지 완벽하게 같은 사람은 이 세상에 없다. 모두 어딘가 무언가는 다르기 때문이다. 동시에 우리는 그런 차이를 서로 이야기하고 이해하는 능력을 부여받았다. 때로는 그런 능력이 가슴 아프게도 "나와 다른 녀석들은 제대로 된 녀석들이 아니야" 하는 잘못된 방향으로 비틀어지고 굽어버리기도 한다. 여기에서는 학대와 차별, 전쟁의 씨앗이 자라난다. 그러나 이런 일을 진심으로 기뻐하는 사람은 한 사람도 없을 거라 믿는다. 사실 차이란 즐기는 것이며, 서로를 향한 존경의 마음을 싹틔우기 위해 우리에게 주어진 선물이라고 생각한다.

나는 아주 어릴 때부터 빛도 어둠도 존재하지 않는 세상에서 살아왔다. 그런 내게 세상이 어떻게 보이는지, 내가 무슨 경험을 하고 어떤 생각을 하는지 여러분에게 전하려 한다. 내 이야기를 조금이라도 재미있게 생각해준다면, 그래서 여러분의 마음에 무언가가 더해질 수 있다면 정말 좋겠다. 더 나아가 여러분이 당연하게 생각하는 빛과 어둠이 얼마나 멋진 것인지 다시 한번 느껴준다면 정말 기쁠 것이다. 동시에 여러분이 빛과 어둠의 아름다움, 그리고 눈으로 보는 기쁨을 내게 알려주면 좋겠다.

반짝 폈다가 한순간에 떨어지는 벚꽃의 허무함과 깔끔함을 칭송하는 일본 사람, 계속 피어나 끝없이 변화하는 아름다운 무궁화를 사랑하는 한국의 여러분, 그 마음을 서로에게 잘 전할 수 있다면 우리가 이 두 아름다움을 함께 느낄 수 있는 마음이 생기지 않을까? 모두가 세상을 한층 더 풍요롭게 느끼게 되지 않을까? 이 책을 통해 여러분이 눈에 보이지 않는 세상을 충분히 맛보길, 거기에서 새로운 세상을 보는 관점을 구축하길 바란다. 그리고 오늘날 우리가 사는 세상에 관해서 함께 깊이 생각해보았으면 한다. 나도 깊이 고민하려 한다.

손가락에 거슬리는 이야기

이 책은 2011년 1월부터 2019년 4월까지 〈점자 마이니치点字毎日〉에 연재한 글 가운데 일부를 골라 조금 수정해 엮은 것이다. 〈점자 마이니치〉는 마이니치신문사에서 발간하는 주간 점자 신문이다. 1922년 창간 이후 전쟁 중에도 단 한 번 휴간하지 않고 꾸준히 발행해 2022년에 창간 100주년을 맞이했다. 이런 기념비적인 해에 책을 내게 되다니 참으로 기적과도 같은 큰 영광이다.

신문에 연재하기 20년 전, 나는 거의 비슷한 기간에 NHK 라디오 제2방송의 프로그램 〈시각장애인 여러분에게〉에 한 달에 한 번 출연했다. 당시의 내용은 《배리어오버 커뮤니케이션 마음에 바람이 들어오게 하자》라는 책으로 정리했었다. 그때와 마찬가지 내용을 이번에는 말이 아니라 글로 써 달라는 의뢰를 받아 점자 신문에 연재하게 된 것이다.

그런데 여러분도 잘 아시다시피 점자란 튀어나온 점을 손가락으로 더듬어 읽는 문자이다. 그런데 내 말이 '귀에 거슬린다耳障り(미미자와리)'라고 할 수 있다면, 내가 쓰는 너무 읽기 힘든 문장에 관해서는 당연히 '손가락에 거슬린다指障り(유비자와리)'라고 하는 쪽이 어울리지 않을까. 그래서 나는 연재 코너의 제목을 '호리코시 요시하루堀越喜晴의 손가락에 살짝 거슬리는 이야기指障り'로 하고 싶다고 제안했다. 그랬더니 이 '거슬린다'에 쓰이는 '장障' 자가 최근 '장애인' 표기'와 관련해 민감한 사안이라고 해 어쩔 수 없이 '손가락 감촉指触り'''으로 바꾸었다.

나는 본래 '장애인'이라는 표기법이나 호칭에 그렇게 민

● '장애인'은 일본어로 '쇼가이샤'인데, 한자로는 '障害者'(장해자) 또는 '障碍者'(장애자)라고 쓴다. '해'와 '애' 발음은 '가이'로 같지만 '애碍'는 일상적으로 쓰지 않는 한자이기 때문에 '해害'를 압도적으로 많이 쓴다. 그런데 '해' 글자의 이미지가 장애인이 사회에 해가 되는 듯한 느낌을 준다는 이유로 '애'를 쓰자는 사람들이 있지만 실제로는 널리 보급되지 못하고 있다.
●● '유비자와리'로 읽히기 때문에 '손가락에 거슬린다指障'와 발음이 같다.

감하게 구는 편이 아니다. 그러나 '장애인'과 대비해 자주 사용되는 '건상자健常者'라는 말은 아무래도 받아들이기가 힘들다. 아니 이 세상에 항상 건강한 사람이 있기나 할까? 어쩌면 "평상시에 건강한 상태의 사람을 뜻한다"고 할지도 모르겠다. 그렇다면 나 또한 '건상자'에 들어간다. 평상시에 시력이 없는 나는 눈이 보이지 않는 상태로 '건강'하기 때문이다. 그러니 내게 '장애인'과 '건상자'는 결코 대립할 수 없는 개념이다. 그래서 이 책에서 '건상자'라는 말을 쓸 때는 반드시 따옴표를 붙였다.•

그 대신에 '눈으로 보는 부족'과 '눈으로 보지 않는 부족'이라는 말을 자주 사용했다. 이 말은 이 책에서 소개하고 싶었던 작가이자 나의 맹학교 시절 친구가 만들었는데, 아마 다른 곳에서는 들어본 적이 없을 것이다. 그렇지만 이런 방식으로 나누어보면 눈이 보이는 사람들 중에도 눈으로 보는 것 외에 다른 감각에 흥미가 있는 사람과 없는 사람, 눈이 보이지 않는 사람들 중에도 눈으로 보는 감각에 흥미가 있는 사람과 없

• 한국에서도 '장애인'에 대비되는 말로 '일반인', '정상인'이라는 말을 사용하는 것은 올바르지 않으며 '비장애인'을 써야 한다는 논의가 있었다.

는 사람, 또 여러 가지 '보는' 방식과 '보이지 않는' 방식, 이런 느낌으로 나뉠 텐데, 그렇게 되면 '본다'는 말의 다양한 그러데이션gradation이 드러나지 않을까.

그렇다. 우리는 세계를 그저 '눈으로' 보기만 하는 것이 아니다. 만져서 보고, 귀로 들어서 보고, 맛으로 보고, 냄새로 본다. 내가 이 책에서 여러분과 함께 나누고 싶은 것은 이러한 '본다'는 것의 그러데이션 효과이다.

자, 그러면 이제 여러분을 빙글빙글 눈이 돌아가는 신비한 오감의 세계로 초대합니다. 안내는 태어나면서부터 눈이 보이지 않는 제가 맡겠습니다.

7장 계란으로 바위 치기

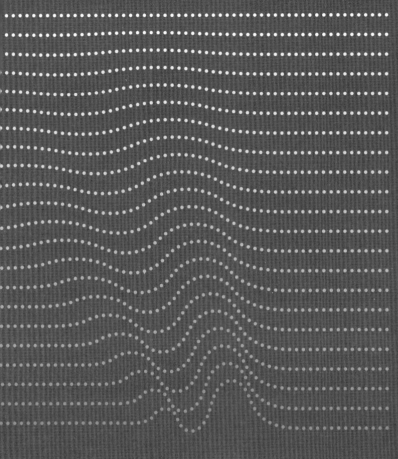

1

우리는 정말 '보는' 걸까?

'신'은 '풍경scene'이지 '보이는seen'이 아니다.
사람들은 흔히 아무것도 보이지 않는 것을
'어둠'이라고 일컫는다.
그러나 태어나면서부터 아무것도 보이지 않는 내게
그 '어둠'은 이해되지 않는다.
이제 어둠 없는 세계의 '신'을 충분히 맛보시길.

✦

눈으로 보지 않는 힘

점자 일본어에서 한 칸에 있는 점 여섯 개를 전부 메우면 '눈ぬ'이라 읽힌다. 일본어 점자를 고안해낸 이시카와 구라지石川倉次는 이로써 맹인에게 잃어버린 눈 대신에 영혼을 넣어주었단다. 이런 이야기를 예전에 들은 적이 있는데 매우 감동적이었다.

맹학교 초등부에 진학하기 직전에 나는 내 몸의 기능이 주위 사람들과는 다르다는 사실을 알게 되었다. 누나의 학예회 미술작품 전시장에 들어갔을 때였다. "만지면 안 돼"라는 말을 듣고 깜짝 놀랐던 기억이 난다. 어떻게 만지지도 않고 볼 수 있다는 걸까? 그것이 무척 신기했다.

내게 시력은 초능력이었다. 만지지도 않았는데 멀리 있는 물체를 그야말로 손에 쥔 듯이 알 수 있다니. 마치 텔레파시나 염력 같지 않은가. 그러나 초능력이 없어도 아무렇지 않게 살아갈 수 있는 것과 마찬가지로, 철이 들 무렵부터 시력 없이 세상을 상대해온 사람에게는 눈으로 보지 않는 생활이 아주 당연한 것이다.

그런데 '눈으로 보지 않는 힘'이 눈으로 보는 부족에게는 초능력처럼 여겨진단다. 대학에 입학하자마자 모든 사람들이 내 일거수일투족에 경이로움을 금치 못했다. 그들은 "방을 혼자 써도 괜찮겠습니까?" "부엌칼을 쓰다가 손을 베지 않아요?" "욕조에 들어가서 목욕을 해요?" 나중에는 "보이지도 않는데 어떻게 그렇게 말을 잘해요?" 등의 말을 했다.

나는 눈으로 보는 사람들이 얼마나 눈에 많이 의존하는지에 놀라곤 했다. 분명 이런 측면에서 언제부터인가 "눈이 보이지 않는 사람은 모두 귀가 매우 밝다"라든가 "박쥐처럼 육감이 좋다" 같은 신화가 생겨난 것이리라. 그러나 이런 이야기는 "텔레파시를 쓸 수 없는 사람은 통찰력이 뛰어나다"라든가 "염력을 사용하지 못하는 사람은 마초가 된다" 같은 말과 다르지 않은 듯하다.

내게는 눈에 관한 몇 가지 소박한 의문이 있다. 예를 들어 한번은 식당에서 구시카쓰를 주문했더니 "눈이 보이지 않으니 위험하지 않으실까 해서요"라면서 굳이 꼬치를 다 빼고 갖다주었다. 물론 감사하는 마음은 전했다. 그렇지만 구시카쓰는 꼬치를 손으로 쥐고 이로 뜯어 먹고 싶은 음식이다. 먹고 싶은 마음이 한풀 꺾이고 말았다. 아무리 그렇더라도 눈이 보이지 않으니 위험하리라 생각하는 걸까.˙ 눈이 보이는 사람들은 꼬치가 목구멍을 찌르지 않게끔 눈으로 자기 입안을 확인이라도 한다는 말인가? 하나 더 있다. 나는 택시나 승용차를 탈 때 거의 예외 없이 "머리를 조심하세요"라는 말을 듣는다. 이는 앞의 이야기보다는 조금 이해하기 쉽다. 그렇지만 나는 차를 탈 때 머리를 심하게 부딪친다는 것은 상상조차 해본 적이 없다.

얼마 전에는 교실에 들어가서 무심코 "오늘은 출석한 사람이 적네요"라고 했더니 누가 깜짝 놀란 듯 물었다. "선생

• 구시카쓰는 꼬치에 한입 크기의 재료를 끼워 튀겨 먹는 음식으로, 보통은 그 자리에서 튀겨 꼬치째 손에 들고 먹는다. 영·유아를 데려온 손님에게는 뾰족한 꼬치에 목구멍이 찔리는 사고를 우려해 꼬치 없이 제공할 때가 많다. 장애인을 어린이처럼 대하는 경우가 많은 현실을 꼬집고 있다.

님, 안 보이는데 어떻게 아셨어요?" '몰라. 그런데 알아.' 그뿐
만이 아니다. 우리는 수강생들에게 의욕이 있는지 없는지, 교
실의 천장이 높은지 낮은지, 창이 열렸는지 닫혔는지 같은 상
황도 아주 자연스레 파악한다. 또 수업 시간에 학생이 읽던 잡
지를 빼앗은 적도 있고, 다른 수업 리포트를 쓰던 학생에게
"나가!"라고 소리 지른 적도 있었다. 그러고 보니 내가 "귀엽
다"라고 말했을 때도 어떻게 아는지 묻는 사람이 있었다. 대답
은 아주 간단하다. 귀여워서 귀엽다고 한 것이다.

하나 부탁하고 싶다. 부디 지금까지 한 이야기를 비굴
한 푸념이나 음험한 비아냥으로 읽지 말아달라는 것이다. 나
는 그저 재미있는 이야기가 하고 싶었을 뿐이다. 나처럼 보이
지 않는 사람에게는 눈이 몹시 신기하게 여겨진다. 눈으로 보
는 사람에게는 눈이 보이지 않는 사람이 신기하지 않을까?

그렇다면 서로 마음을 열고 저마다 무엇을 그렇게 신기
하게 여기는지를 기탄없이 이야기할 수 있지 않나. "아, 그게
그렇게 된 거구나"라며 재미있어하다 보면 서로의 눈을 가린
콩깍지를 떼어낼 수 있지 않을까. 이것이야말로 참으로 건강
한 커뮤니케이션이 아닐까 싶다. 그런 즐거운 커뮤니케이션의

바람이 서로의 마음속을 오간다면 "보지 않으니 모르겠지?"라든가 "보이는 주제에…"처럼 서로를 향해 제멋대로 생겨난 편견도 결국 구름이나 안개가 걷히듯 산산이 흩어져 사라지지 않을까.

◆

본래 다른 의자

어떤 점자 월간지에 아주 재미있는 논의가 펼쳐졌다. 논객 가운데 한 사람은 감수성이 풍부해 노래를 아주 구성지게 부르는 소프라노 가수이지만 의외로 대학 시절에는 수학을 전공했다는 시오노야 노부코塩谷靖子였고, 다른 한 사람은 일본점자기능사협회 등에서 다양한 활동을 활발하게 펼치는 고미야마 미쓰히로込山光広였다.

먼저 공을 던진 사람은 시오노야 노부코였다. "정보의 80퍼센트는 눈으로 들어온다는 말을 자주 듣는데, 이는 과연 실험 등에 의해 제대로 검증된 수치일까요? 게다가 이를 근거로 시각장애인은 시야가 좁다고들 합니다. 더 나아가 당사자인 시각장애인들 중에도 이런 이야기를 아무 의심 없이 받아들이는 사람이 있어요. 이건 이상해요."

그러자 고미야마 미쓰히로는 이렇게 받아친다. "그렇게 말할 수도 있겠지요. 그렇지만 현실적으로 우리는 정보약자 아닙니까? IT 기술이 진보하면서 정보에 접근하기 쉬워졌다 지만, 실제로 우리가 입수할 수 있는 정보의 양은 눈이 잘 보이는 사람晴眼者(청안자)에 견주면 빈곤하다는 사실에는 변함이 없습니다."

시오노야 노부코가 바로 반론한다. "단순히 정보의 양만 비교한 것 아닙니까? 심지어 눈이 잘 보이는 사람들 머릿속에서 나온 발상이지요. 자기들이 주로 눈을 통해 정보를 얻기 때문에 보이지 않으면 얻을 수 있는 정보가 적다고 결론짓는 것은 애초에 논리적이지 않습니다. 그리고 우리는 시각을 따르지 않고도 정보를 처리하는 독특한 기술을 경험에서 얻었잖아요."

대학에서 수강한 〈심신장애학〉 수업에 따르면, 청각의 정보처리효율이 '1'일 때 시각의 정보처리효율은 비교할 수 없을 만큼 높은 수치이다. 만약 그것이 치밀한 실험을 바탕으로 한 신뢰할 수 있는 수치라면 고미야마의 논리에도 근거가 아주 없진 않을 것이다. 그러나 시오노야가 지적했듯, 이 역시 어디까지나 숫자를 비교한 데 지나지 않는다.

최근 이와 관련해 아주 재미있는 비유를 들었다. "눈이 보이지 않는 사람의 세계를 의자 다리 네 개 중 하나가 부러진 것과 같다고 생각하는 것은 옳지 않다"(이토 아사伊藤亜紗, 《눈이 보이지 않는 사람은 세상을 어떻게 볼까目の見えない人は世界をどう見ているのか》). 뛰어난 통찰력이다! 과연 그렇다. 본래 다리 세 개 달린 의자를 다리 네 개 달린 의자와 비교해 다리가 부족하다고 말하는 사람은 결코 없을 것이다.

그러나 슬프게도 이 사회에 존재하는 장애인을 바라보는 대부분의 시선은 '다리가 하나 부러진 의자' 같은 뺄셈 방식으로 굳어져 있다. 이러한 현실을 알기에 고미야마는 "그러니까 우리는"이라고 이야기하는 것이리라. 그리고 그런 수의 논리에 과학적(?)인 근거를 제공해버렸다. 이것이 바로 장애를 심신 기능의 결손 또는 이상이라고 간주하는 의학적 모델 위에 세워진 '심신장애학'이라고 하면 너무한 걸까.

내 감각에서 보면 시력이란 결국 초능력이다. 멀리 있는 어떤 물체의 형태를 쥐어보지도 않았는데 안다는 것은 나에게 염력이나 텔레파시 같다. 그러니까 시력은, 있으면 분명 편리할 테지만 없으면 없는 대로 충분히 문제없이 살아갈 수 있는 사치품에 지나지 않는다.

문제는 우리를 둘러싼 환경이다. 너무나 시각정보에만 의존하고 있다. 그래서 자주 이런 식으로 묻는다. "상상해보세요. 세상 사람들 대다수가 초능력자이고, 당신들은 아주 희귀한 초능력 장애인이라고 쳐요. 그런데 사회 전체가 초능력자에 대응해 만들어져 있다면 어떨까요? 우리가 살아가는 지금 상황과 비슷하다고 할 수 있겠지요?"

장애인과 관련된 새로운 법률이 꾸준히 시행되고 있다. 이 법률은 장애인을 장애 때문에 사회생활을 하는 데 불이익을 받거나 살기 힘들어진 사람들이라고 해석하는 사회 모델의 사고방식 위에 성립되어 있다. 장애인을 사회의 성원으로 자연스럽게 받아들이는 사회를 실현해가기 위해 '합리적 배려'와 '과중한 부담'이 활발히 논의되어야 할 것이다. 그러려면 정보의 수량적 측면과 의미, 내용적 측면 양쪽을 제대로 살피며 나아가는 것이 중요한 과제인 듯하다. 시오노야와 고미야마 두 사람의 논의를 즐겁게 관전하면서 든 생각이다.

화장실과 라스코동굴

최근 〈점자 마이니치〉 지면에서 공동주택에 설치된 우편함 이용 방법이 화제가 되었다. 몇 자리 숫자를 조합해서 여는 자물쇠가 달린 경우, 눈으로 보는 사람 처지에서는 아무것도 아닐 것이다. 그러나 우리는 어떻게 쓸 도리가 없다. 이에 관해 독자들이 몇 가지 방법을 궁리해 보내주었는데, 내용이 아주 흥미로웠다.

생각해보면 우리는 예전부터 계속 '비주얼 사회'라는 망망대해의 외딴섬처럼 살아왔다. 그렇기에 다양한 것을 궁리해야 했다. 주머니 바깥쪽에서 손으로 만져본다든가, 디자인이 조금 다른 병 모양, 풀칠하는 부분이나 나삿니의 상태, 어쩌다가 생겨버린 흠집 따위를 실마리 삼아 다양한 판단을 내린다. "당신들은 눈이 보이지 않는 만큼, 귀나 손의 감각이 발달해 있잖아요." 이런 식으로 가볍게 말하는 사람들이 많다. 그렇지만 본래부터 우리의 감각이 발달한 것이 아니라 그렇게 되지 않을 수 없었다는 점에서 궁여지책이다. 하지만 이런 궁리도 은근히 즐겁기에 눈으로 보지 않는 부족의 특권 중 하나로 여기고 있다.

그러나 이 '맹인력盲人力'으로도 해결하기 힘든 문제가 있다. 여기서 이야기하고 싶은 한 가지는 화장실 문제이다. 특히 전철 안에 있는 남성용 소변기, 이른바 '서서 누는 소변기'에 접근하는 문제에 관한 것이다. 지금부터 더러운 이야기가 시작되니 부디 용서해주시길 바란다.

보이는 사람들의 말을 들어보니 문에는 안쪽이 보이는 유리가 끼워져 있어 다른 사람이 사용 중인지 아닌지 일목요연하게 알 수 있다는데,* 우리는 알 방도가 없다. 그뿐만이 아니다. 이 화장실은 문을 잠그지 않기 때문에 일단 문을 열어보고 만져봐야 안에 사람이 있는지 알 수 있다. 사용자의 등이 만

---

* 작은 반투명 유리창이 있는 문. 안으로 밀어 열게 되어 있는데 사람이 있으면 열고 들어갈 수 없는 구조다.

져지면 그제야 "아, 실례했습니다" 하는 것이다. 물론 노크는
한다. 하지만 소변을 보면서 손을 뒤로 뻗어 문을 콩콩 두드리
기는 힘들고, 보통은 이런 곳에서 노크하는 경우가 없다고 생
각하기 때문에 안쪽에서도 반응이 없다. 남성 독자들은 이럴
때 어떻게 대처하는지 궁금하다.

"그런 건 간단하잖아." 이렇게 말하는 분도 있으리라.
"처음부터 대변기 화장실을 쓰면 되는 거 아냐?" 물론 그렇다.
하지만 소변기가 있으니까 편하게 쓰고 싶은 마음이 든다. 그
리고 대변기 쪽으로 간다고 한들 또 그렇게 쉽지는 않다. 언젠
가 나는 대변기 있는 화장실 문을 노크한 적이 있다. 대답이 없
어서 당연하게도 문을 열었는데, 갑자기 안에서 아주머니, 아
니 젊은 여성의 날카로운 목소리가 들렸다. "음흉한 짓 하지
말라고!" 당황한 나는 급히 문을 닫았다. 한참 만에 밖으로 나
온 그에게 납작 엎드려 사죄하자 "눈이 안 보이니 어쩔 수 없
네" 이렇게 내뱉고 가버렸다. "무슨 그런! 보여도 어쩔 수가
없잖아"라고 응수해주고 싶었지만 무서워서 그만뒀다.

그러나 눈으로 보는 부족도 항상 열심히 눈을 사용하는
것은 아닌 모양이다. 실제로 내가 소변기를 사용하고 있을 때

몇 번이나 문을 열어보는 사람이 있었다. 하지만 그들은 만지지 않아도 사물이 보이는 초능력이 있기 때문에 문을 열자마자 바로 상황을 파악하고 곧장 종종걸음을 치며 달아난다. 실례를 범한 것에 대한 사과의 말 한마디 남기지 않은 채.

지금은 정말로 좋은 시절이다. 보편적 디자인이나 배리어프리barrier free 그리고 IT 기술의 눈부신 진보 덕분에 많은 시각정보가 우리에게도 전해졌다. 이 소변기 문제도 뭔가를 살짝 갖다 대기만 하면 간단히 해결되는 때가 올 것이다.

나는 이런 상황에 일종의 쓸쓸함을 느낀다. 선인들부터 면면히 이어져온 우리의 맹인력도 앞으로는 점점 필요 없어진다는 뜻일 테니. 살짝 만져보고 울림의 차이를 느끼는 것으로, 또 무엇보다 커뮤니케이션을 중요하게 생각하며 키워온 눈으로 보지 않는 문화(그리고 점자도 확실히 그중 하나임이 틀림없다)도 결국은 옛날이야기 속으로, 전설 속으로 파묻혀버리는 건 아닐까. 예전에는 인류가 고감도 카메라 수준의 눈을 지녔음을 이야기해주는 저 라스코동굴의 벽화처럼….

공기전파설

얼마 전 다케히사 겐조武久源造 군의 콘서트를 오랜만에 들었다.• 여러분도 다 아시다시피 너무나 훌륭했다!

그에 관해서는 여기서 새삼스레 설명할 필요가 없을 것이다. 점자 수험 최초로 도쿄예술대학에 합격해서 지금은 바로크음악을 중심으로 건반 연주자, 연구자, 지휘자, 작곡가로서 세계적으로 활약하고 있다. 수많은 음반을 냈으며 그중 많은 작품이 호평을 받고 특별한 대우를 받는다. 이렇게 유명한 사람을 겨우 나 같은 사람이 '다케히사 군'이라 칭하다니… 나

• 저자가 콘서트를 '듣다'라고 표현한 것은 눈이 잘 보이는 사람들이 콘서트에 참석할 때 주로 콘서트를 '보다'라고 표현하는 것에 대한 일종의 반항심으로 보인다. 이 책의 또 다른 에피소드에서는 저자가 무심코 '텔레비전을 보았다'라고 말하자 전맹인 당신이 어떻게 텔레비전을 보느냐는 반응이 돌아왔던 사례를 다소 불쾌해하며 이야기하는 대목이 나온다.

는 다케히사와 견주면 많이 부족한 사람이지만 고등학교 1년 선배이기 때문에 어쩔 수 없다. 다케히사와 많은 이야기를 나눈 2년간, 또한 그 뒤로도 줄곧 변함없는 우리 우정은 내게 무엇과도 바꿀 수 없는 소중한 재산이다.

다케히사와 함께 있으면 많은 사람들에게 이런 말을 듣는다. "닮았어!" 물론 이보다 영광스러운 일은 없으리라. 하지만 도대체 무엇이 닮았다는 걸까? 말하는 방식이나 발성은 조금 닮았으리라. 나 스스로도 느끼고 있다. 그의 결혼식 때 사람들 앞에서 축사를 하며 "제가 다케히사입니다. 오늘 저를 위해 이렇게 참석해주셔서…"라고 이야기를 시작했더니 사람들이 적어도 5분 동안 폭소를 멈추지 못했다. 그런데 말할 때 손동작도 무척 닮았다고 한다. 같은 몸동작도 취한단다. 오죽하면 '일란성 타인'이라는 말까지 나왔을까.

나는 생각에 잠겼다. 나와 다케히사는 선천적으로 빛도 볼 수 없는 전맹이다. 그런데 무슨 연유로 눈에 보이는 우리의 모습이 그토록 닮은 것일까. 그래서 이 문제를 더 깊이 생각해보았다. 우리 시각장애인은 보이지도 않는데, 어떻게 고개를 끄덕이는 등의 비언어적 행동을 배웠을까?

이에 관한 과학적 연구가 얼마나 이루어졌는지는 모르겠다. 그런데 누가 "그건 본능이니까"라고 설명해주었다. 과연 그럴싸하다. 고개를 끄덕이는 동작은 모유를 먹을 때 생기는 머리의 움직임에서 유래했다고 한다. 반대로 고개를 흔드는 것은 '이제 필요 없다'에서 온 행동이라는 이야기를 들은 적도 있다. 그렇다면 "손을 흔드는 것이 닮았다"거나 "같은 제스처를 하며 웃는다"라는 것은 뭘까? 게다가 어떤 나라에서는 긍정할 때 고개를 좌우로 흔들고, 부정할 때 결연하게 고개를 끄덕인다는 이야기도 있다.

내가 주장하는 것은 '공기전파설'이다. 이에 관해서는 다케히사도 같은 의견이다. 예를 들어 합창이나 합주를 할 때 공연자와 지휘자의 움직임은 공기를 통해 전해진다. 그런데 눈이 보이는 사람들은 악보에만 눈이 팔려서 지휘자를 잘 안 보는 경우가 많은 모양이다. 그럴 때 나는 자주 말한다. "당신들은 눈이 자유롭지 않으니까." 목소리만이 표정과 마음의 움직임을 전해주는 것은 아니리라.

어쩌면 이는 우리가 그림을 앞에 두고 느끼는 '무언가'와 관계가 있을지도 모르겠다. 나는 파리의 루브르미술관에서 그 유명한 다빈치의 〈모나리자〉를 본 순간이 잊히지 않는다. 〈모나리자〉가 걸려 있는 특별한 방에는 밀도 높은 공기가 빽빽이 들어차 있었고, 공간에 들어서자 그 느낌만으로도 압도되었기 때문이다. 이렇듯 공기는 사람에게 무언가를 전달하는 에너지가 있는 게 아닐까?

이런 이야기를 '비과학적'이라고 비웃는 사람이 있을 것이다. 어쩌면 오컬트적이라며 소름 끼쳐 할지도 모르겠다. 하지만 어쩌겠나. 이래야 다케히사와 나 사이의 기묘한 '동조현상'이 설명되는 것을. 내가 자주 꺼내드는 그 의학 모델의 심신장애학 관점에서 "맹아盲兒는 눈으로 볼 수 없으므로 부모와 주위 사람의 표정이나 몸짓을 알 수 없다. 그래서 그들의 표정과 몸짓은 빈약"하단다. 이 말은 내가 한 말보다 얼마나 더 '과학적'이라 할 수 있을까. 그렇게까지 의학에 기대고 싶다면 "눈이 보이지 않으니까 … 아니다"라고만 할 것이 아니라 눈이 보이지 않아도 전달을 가능하게 하는 메커니즘도 연구해보면 어떨까? 내 생각은 그러하다.

배리어오버와 배리어프리

완연한 가을이다. 얼마 전까지만 해도 계속 맹위를 떨치던 무더위를 생각하면 여름은 생각보다 깔끔하게 물러간 듯 보인다. 이렇게 서늘해지다니…. 그게 바로 날씨의 습성이라지만 말이다. '식욕의 가을', '행락의 가을', '스포츠의 가을', '예술의 가을' 등 이렇게 많은 수식어가 붙는 계절은 없으리라. 그런데 나에게는 역시 '독서의 가을'이다.

우리 시각장애인에게 독서는 여전히 최대 장벽 가운데 하나이다. 루이 브라유Louis Braille가 점자를 발명했을 때, 파리 맹학교 교사들의 발목을 잡은 것은 일반적으로 사용되는 활자와 너무나 다른 점자의 형상이었다고 한다. 예상대로 그 차이는 나중에 두터운 문자 장벽을 만들게 된다. 하지만 그 이전의 돌자凸字(일반 문자를 볼록하게 만든 것) 시대 그리고 "귀로 읽고 입으로 쓴다"고 비웃음을 사던 시대를 생각해보라. 읽고 쓰는 허들의 높이는 하늘과 땅 차이 아닌가. 그리고 이제는 발달된 IT 기술이 독서 환경의 장애물을 없애는 데 적용되었다. 그 부단한 노력 덕분에 우리는 전에 없던 꿈같은 독서 환경을 누리게 되었다. "점자는 이미 그 역할이 끝났다"라는 목소리마저 들려올 정도이다. 낙원에서 쉬고 있을 브라유가 이 말을 듣는다면 과연 어떤 생각이 들까?

그러나 이럴 때일수록 더더욱 위대한 선인들의 마음을 헤아려봐야 하지 않을까. 절망적으로 커다란 장벽 안에 갇혀 있으면서 잠시도 안주하지 않고 독서에 정열을 불태우던 그 전설적인 대선배들 말이다. 대표적인 인물로는 역시 누가 뭐래도 하나와 호키이치塙保己一를 꼽을 수 있을 것이다. 나는 《군서유종群書類從》*에 관해 거의 알지 못한다. 그래도 학술, 예술, 풍속 등 고금의 모든 분야에 걸친 수많은 저작을 후세에 올바르게 전하고자 수집하고 분류한 대저大著라 소개하면 적당하지 않을까. 《군서유종》은 정편, 속편 그리고 이어지는 또 다른

• 에도 시대의 국학자 하나와 호키이치가 일본의 고서를 모은 것이다.

속편 3부까지 합치면 전부 2000편 가까이에 이르는 대작이다. 미루어 짐작하건대, 이 작업은 언젠가 누가 꼭 해야 할 일이라 여기면서도 그 일을 하기 위해서는 방대한 독서량과 노력 그리고 남다른 분석력이 필요하다는 점을 알았기 때문에 아무도 (특히 눈이 잘 보이는 사람이라면 더더욱) 손을 대지 않았던 것이리라. 이 일에 착수해 드디어 완수해낸 사람은 누가 봐도 독서에는 가장 불리한 위치가 강제된 시각장애인이었다. 일본어 문법을 체계화한 모토오리 하루니와本居春庭*도, 성서 가운데 몇 페이지의 기록을 1만여 행의 장대한 시로 쓴 존 밀턴John Milton도 모두 강고한 문자 장벽 저편에서, 다른 사람의 곱절은 읽고 써야 하는 분야에서 획기적인 업적을 쌓은 인물이었다.

　도대체 무엇이 그들을 이렇게까지 추동했을까. 학문을 향한 사랑과 정열, 남다른 지적 호기심 외에도 어떤 면에서는 그들의 눈앞에 있던 문자 장벽 자체가 아니었을까 생각한다. "간난艱難이 사람을 키운다" 같은 말이 하고 싶은 것도 아니고, "편한 것이 나쁘다"라고 할 생각도 없다. 그저 거기에 산이 있

• 에도 시대의 국학자.

어 오르는 것처럼, 거기에 구멍이 있어 들여다보는 것처럼, 장벽이란 분리하는 동시에 자극한다는 점에도 주목하고 싶다. 따라서 장벽을 극복한다는 의미의 배리어오버barrier-over 기개가 없는 배리어프리는 지극히 위험하지 않을까. 나는 그렇게 생각한다.

이불을 어깨까지 끌어올려 덮어쓰고 머리를 베개 위로 들어 올릴 필요 없이, 물론 전등을 켤 필요도 없이, 수많은 이들이 손으로 그 감촉을 느꼈을 점자책을 더듬으며 시간을 들여 읽은 문장의 울림에 마음이 맑아진다. 기나긴 가을밤, 우리 점자 사용자에게만 주어진 더할 나위 없이 행복한 시간을 천천히 맛보는 것도 멋지지 않은가.

기적을 기도하지 않는 이유

우리 장애인은 누구나 한두 번은(아니, 수도 없이) 종교를 권유받은 적이 있을 것이다. 어릴 때 나는 "이 약에는 효능이 있어서 먹으면 눈이 나빠지지 않아"라는 말과 함께 이상한 가루로 된 과자를 받은 적이 있다. 어렸지만 신기한 생각이 들어 아버지에게 "나는 이제 전혀 안 보이잖아?" 하고 물어보았다. 아버지는 곤혹스러워하며 "더 나빠지지는 않는다는 말이겠지"라고 대답했다. 일단 받았으니 먹어는 보았다. 아주 맛이 없었다.

학교에 다니던 시절, 내 주변에는 어째서인지 늘 기독교인들이 있었다. 몇 명은 아주 열심히 예수 그리스도의 기적에 관해 이야기해주었다. "예수님의 이름으로 열심히 기도했더니 갑자기 눈이 뜨거워지고 눈물이 흘러나오더니 보였다!" 이런 간증을 자주 읽어주었다. 그러니 너도 지금 바로 예수님을 믿고 기적이 일어나길 기도하라는 것이었으리라. 신앙을 강하게 거부하던 나는 이렇게 권유받을 때 항상 제기한 반론이 있었다. "만약 당신들이 말하는 전능의 신이 계셔서 온 세상을 창조하셨다면 장애인도 그 신의 손으로 만드셨을 것이다. 내가 시각장애인으로 이 세상을 살아가는 것도 신이 세우신 계획임이 틀림없다. 그렇다면 장애인으로서 멋지게 살아가는 것이야말로 신이 주신 사명 아닐까. 그런데 왜 나에게 기적을 빌라고 하는가?"

그런 내가 기독교 신앙을 얻었으니, 정말 세상에 무슨 일이 일어날지 모를 일이긴 하다. 그럼에도 기적이 일어나게 해달라고 기도할 생각은 전혀 없다. 아니, 오히려 눈이 보이지 않는 것을 하느님에게 받은 특별한 은혜라고까지 생각하게 되었다. 그러니 예수님이 "무엇을 원하느냐?"고 물으셔도 결단코 성서에 나오는 그 맹인처럼 "주여, 눈이 보이게 되었으면 좋겠습니다"라고는 대답하지 않을 것이다. 상황에 따라서는 "주여, 그것만은 참아주십시오"라고 말할지도 모른다.

어느 날, 예배 중에 성서의 바로 그 대목이 낭독되고 있었다. 그런데 갑자기 눈에 위화감이 느껴졌다. 내 옆에 앉은 어느 여성이 내 눈에 손을 얹은 모양이었다. 분명 지금 바로 이 성서의 기적이 내게 일어나길 열심히 기도하고 있었으리라. 참으로 괴로운 일이 아닐 수 없다. 나는 골똘히 생각에 잠겼다. 만약 정말로 그렇게 된다면 어떻게 할까? 대답은 명백했다. 당장 지금의 생활을 전부 버리고 신학교나 수도원, 그게 아니라면 빈민가, 아무튼 그런 곳으로 뛰쳐나가 하느님이 베풀어주신 기적을 증언하는 데 일생을 바칠 것이다. 그리고 깨어났다. 그렇지 않은 내가 거기에 서 있었다.

내 신앙이 뿌리부터 흔들린 느낌이 들었다. 지금까지는 장애를 그저 '은혜'라고만 생각하는 데 얽매여 다른 일을 돌볼 겨를이 없었다. 따라서 하느님에게도 사람에게도 제대로 소임을 다하지 못한 게 아닐까. "장애는 은혜이다"라는 말은 아무것도 하지 않는 것에 대한 허울 좋은 변명이 아니었을까. 하느님이 지금 이러한 기적을 일으키려 하시지 않는다는 보증이 어디에 있을까. 그렇다면 즉시 이 기적이 내 몸에 일어나기를 기도해야 하는 것 아닐까….

이 일에 관해 신앙의 스승이라고 할 만한 친구에게 물어보았다. 그는 "장애 자체가 은혜는 아니다. 네 눈이 보이지 않게 됐을 때 네 부모님께서 얼마나 눈물을 흘리셨을지 그리고 그 모습을 보는 하느님이 얼마나 가슴 아파하셨을지 생각해본 적이 있는지 모르겠다. 그러나 너는 많은 사람들의 도움을 받으면서 자신의 장애가 은혜 아닌 다른 것으로는 여겨지지 않을 정도로 응답했다. 그래서 부모님의 눈물은 씻기고 하늘에는 큰 기쁨이 있었다. 이것이야말로 하느님의 은혜이며 이것이야말로 하느님의 기적이다."

나는 왜 언어학자가 되었나

중·고등학교에 다닐 때, 그러니까 1970년대 초반은 맹학교를 비롯해 여러 종류의 특수학교에서 전체적으로 '껍데기를 부수고 밖으로 나가자'는 분위기가 팽배했다. 맹학교에 들어가지 않고 계속 보통 학교를 다니기로 했다는 같은 세대 사람들의 이야기를 듣거나 일반 초등학교에서 친구와 즐겁게 지내는 여자아이의 다큐멘터리를 볼 때면, 미지의 바깥 세계를 향한 두려움과 함께 동경도 점점 커져만 갔다. 대학 진학의 꿈도 차츰 현실적으로 다가왔다. 선생님들도 틈만 나면 우리를 부추기곤 했다.

　　그때 무엇보다 싫어했던 것은 "눈이 보이지 않으니"라는 이유로 우리를 한데 묶어서 보는 풍조였다. 쉬운 예를 들어 보겠다. 내가 화장실에서 손을 씻고 있다고 하자. 그러면 "보이지도 않는데 위생 의식이 꽤 높구나. 대단하네"라고 한다.
만약 손을 씻지 않으면 "보이지 않으니 더러운 걸 모르는구나.
뭐, 어쩔 수 없지"라고 한다. 그러니까 나는 더욱 "보이지 않으
니 당연히 이럴 것이다"라고 멋대로 붙여버리는 선입견의 딱
지를 피하고 싶었다. 대학에서 사회복지학이나 특수교육학 또
는 장애학을 전공하지 않고 언어학을 고집한 이유도 그래서이
다. 물론 언어학을 가장 좋아했다는 이유가 제일 크지만, "역
시 장애인이니까" 하는 시선이 싫었다는 마음이 전혀 없지는
않았다.

　"너는 바보야." 이런 말을 곧잘 듣는다. "그렇게 고집 피
우지 말고 순순히 복지나 장애와 관련된 학문을 전공했다면
지금 이렇게 나이가 들어서까지 비상근 강사로 구질구질하게
살지 않았을 거 아니야?" 과연 정말 그럴까? 그 분야라면 다른
사람들에게 인정받을 수 있을 만큼 업적을 쌓았으리라는 자신
이나 보증은 어디에도 없다. 그렇지만 어쩌면 그들의 말처럼
되었을지도 모르겠다. 대학본부에서는 나 같은 문외한에게 점
자와 장애학에 관련된 수업을 담당해달라고 자주 요청하기 때
문이다.

언어학을 전공한 사람이 그 연구 대상을 가장 친숙한 모국어로 좁혀가는 것과 마찬가지로, 사회학을 공부해 당사자성을 살려 독자적인 장애학을 구축한다는 것에는 큰 의미가 있다. 하지만 언어교육 트레이닝을 제대로 받지도 않았는데 원어민이라는 이유만으로 자신의 언어로 죽 읊고는 "수업이었소"라고 하는 것은 정말 아니지 않은가. 대학의 요청을 안이하게 받아들여 전공이 아닌 수업의 교단에 서면 아무래도 죄책감을 금할 수 없었다. 그 대학에서 어떤 수업을 담당하느냐는 질문에는 또 뭐라고 답할 것인가. 내 대답에 바로 "아, 역시 그렇습니까?" 하는 식의 반응이 돌아오면 아무래도 난처해지고 말 것이다.

어떤 사람이 이런 말을 했다고 한다. "나를 걸을 수 있게 하지 말아줘. 실업자가 될 테니까." 나는 적어도 이런 자세는 취하고 싶지 않다. 내가 아직 비상근 강사로 구질구질하게 사는 이유는 어디까지나 내 전공 분야에서 충분한 업적을 쌓지 못해서라고 생각한다. 내가 지닌 장애 같은 건 무시하고 나를 채용하고 싶을 만큼 훌륭한 업적을 말이다.

나는 결코 포기하지 않았다. 그때의 선택을 후회하지도

않는다. 앞으로도 우직하게 이 길을 걸어갈 생각이다. 언젠가 (비록 살아 있을 때가 아니더라도) 그 의미가 형태를 띠고 나타날 때가 오지 않는다고는 할 수 없기 때문이다. 동시에 장애학에 관해서도, 공부할 수 있는 소중한 기회라 여기며 나의 장애학을 잘 정리해두고 싶다. 어차피 '나의 지론' 영역을 넘지 않을 정도이겠지만, 그래도 이런 일을 해온 나만의 어떤 것이 느껴지면 좋겠다. 그것이야말로 이 길을 걸어온 내가 짊어져야 할 책임이리라.

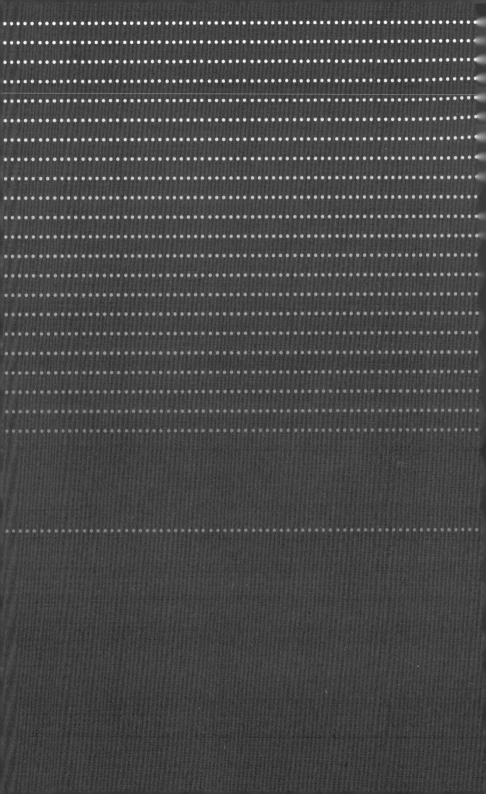

✦

2

그래봤자 말, 그래도 말

무심코 귓전을 스쳐 지나가는 말.
아무 생각 없이 입을 통해 나오는 말.
언제부터인지 우리는 말을 사용하기보다는
말의 굴레를 쓰고 있음을 깨닫는다.
중간중간 숨을 고르며 잠깐 말에 신경을 써보자.
진정한 말의 해방을 위하여.

본다는 말을 자주 쓰는군요

"'본다'는 말을 자주 쓰시는군요." 가끔 이런 말을 듣는다. 그러게. 그럴 수도 있다. "오늘 아침에 텔레비전에서 봤는데"라든가 "좀 보여줘" 같은 말은 항상 하는 듯하다. 눈이 보이지 않는다고 굳이 "텔레비전을 들었다"라든가 "조금 만지게 해줘" 같은 말은 하지 않는다. 눈으로 보는 부족에 속하는 사람들은 이런 나를 역시 부자연스럽게 느낄까?

　어느 날 강연이 끝난 후 밥을 먹는데 한 청중이 찾아와 말했다. "선생님, 재미있네요. 이야기 중에 '보다'나 '읽다'라는 말을 하시던데, 실은 전혀 읽지 못하시잖아요?" 이 말을 듣고 돌이켜 생각해보니, 분명 조금 전에 긴 인용을 했을 때 손에 잡히는 점자 자료의 문자대로 '읽었다'. 하지만 '읽는다'의 뜻을 종이에 눈을 떨어뜨리되 손은 사용하지 않는 행위라고 규정

한다면, 그때 내 행동은 '더듬는다' 또는 '뒤적거린다'라고 하는 편이 어울릴 것이며 '읽는다'라고는 할 수 없으리라. 점자를 '쓴다'고 말하지 못하고 '친다'거나 '찍는다'고 말하는 것도 결국 그런 보이는 모습에서 오는 인상으로부터 유래했을지 모르겠다.

그런데 의학 모델에 기초해 세워진 심신장애학에서는 보이지도 않는 주제에 비주얼계 언어를 많이 사용하는 것을 가리켜 '바버리즘'이라 일컫는 모양이다. 그리고 이를 실체 없는 말만 이어서 한다는 시각장애아와 시각장애인 특유의 특수 행동 또는 이상행동이라고 한단다. 결국 "제 장애를 받아들이지 못하는 녀석들이 온 힘을 다해 발돋움하려 애쓰거나 허세를 부린다"고 말하고 싶은 거겠지. 뭐, 분명 선을 넘는 측면은 있지만 그런 경향이 전혀 없다고는 못할 것이다. 그러나 조금만 더 긍정적으로 받아들여서 '풍부한 메타포(비유)의 가능성'이라고 해석할 수는 없는 걸까?

친구와 음악에 관한 이야기를 할 때 이런 대화를 나누었다. "드뷔시Claude Debussy가 색이라면 라벨Maurice Ravel은 빛, 드뷔시가 그림이라면 라벨은 사진 같은 느낌이야. 안 그래?" "아니, 그거 정말 절묘한 표현인데!" 눈으로 볼 수 있는 친구는 그렇게 쾌재를 불렀고, 우리 대화는 한층 더 즐거워졌다. 나는 어떤 허세도 부리지 않았을뿐더러 발돋움하려 애쓰지도 않았다. 마음속에 생긴 이미지를 말로 솔직하게 표현했을 뿐이다.

'보다'라는 말을 쓸 때, 사람들은 얼마나 순수하게 눈으로 본 것만 이야기할까? 텔레비전과 꿈만 해도 그렇다.* 그저 '보고' 있지만은 않을 것이기 때문이다. 더욱이 "아기를 봐줘" "목욕물을 봐" "냄비 좀 보고 와"라고 했을 때 그저 "응, 봤어"라고만 하면 꾸중 들을 게 분명하다. '보다'라는 말 자체가 하나의 메타포인 것이다. 아마 '인정한다는 것은 눈에 담아두는 것이다'라고 여기는, 눈으로 보는 부족의 감각이 이런 비유를 만들어냈으리라. 그렇다면 눈으로 보지 않는 부족인 우리 또한 이 비유의 세상을 살아가는 주민으로서 어떤 부자유도 없을 것이다.

그런데 눈으로 보는 사람들은 우리처럼 눈을 사용하지 않고 '보는' 세상을 이해하기 힘들지 않나? 그런데도 눈으로

• 꿈을 꾸는 것을 일본어로는 '꿈을 본다夢を見る'고 한다.

보는 사람들은 '맹목적'이나 '맹장'처럼 '맹盲'이 들어간 말을 쓴다. 실제 상태를 따르지 않는(그리고 실제 상태와는 아주 다른) 그 말을 아주 착실하게 비유로 사용하고 있지 않은가 말이다.

　메타포란 훌륭한 것이다. 마음속의 '상상력'이라는 감각 기관을 작동해 눈에 보이지 않는 경치를 보여주고, 귀에 들리지 않는 소리를 들려주며, 경험한 적 없는 감각을 생생하게 느끼게 하고, 어려운 것을 손에 쥔 듯이 알게 해준다. 이는 우리 같은 감각장애인에게도 완벽하고 평등하게 작용한다. 여기서 모든 사람에게 풍요로운 커뮤니케이션의 문이 열린다. 이렇듯 우리는 '본다'. 단지 눈으로 보지 않을 뿐이다. 그리고 생생하게 '신scene'을 획득한다. 그렇게 '신scene(풍경)'은 결코 '신seen(보이는)'이 아니다.

✦

'현실적'이라는 말에 대하여

봄이다. 벌써 여기까지 왔다면 틀림없다. 특별히 눈이 많이 오는 지방에서 태어나고 자란 내게는 '인생의 봄'이라는 말 따위가 꿈속의 메아리로밖에는 여겨지지 않지만, 그래도 대기 중에 봄 냄새가 섞이면 가슴이 점점 두근거린다.

이런 봄기운이 느껴지는 2월 하순의 어느 날, 교토에서 이야기할 기회를 얻었다. 내가 '교토의 가희'라 칭송하는 샹송 가수 기타야마 마치코北山眞路子(본명 오야부 마치코大藪眞知子)•의 콘서트에 초대받았다. 콘서트 시작 전에 무대에서 이야기를 해

• 교토부 맹학교와 오타니대학 문학부 사학과를 졸업했다. 시각장애인 종합복지시설 사회복지법인 일본 라이트하우스에서 오랫동안 점자출판물 교정일을 하고 있다. 현재 대학, 전문학교, 지역자치단체의 강습회 등에서 점자 교육을 지도한다. 1985년 샹송에 입문해 2001년부터 가수로 활동 중이다.

달라는 것이었다. 주제는 '꿈'이었다. 〈꿈속에서〉, 〈꿈속의 하룻밤〉 같은 꿈에 관한 노래로 꿈처럼 즐거운 콘서트가 시작되기 전에 [재미없고 졸려서] 정말 꿈을 꾸게 만들지도 모를 내 이야기를 들려달라는 것인데, 어쨌든 그런 이유로 [춘곤증이 몰려오는] 봄이 되기도 전에 '꿈'에 관해 곰곰이 생각해보게 되었다.

'꿈'은 수면 중의 생리현상을 뜻하지만 비유로 사용되기도 한다. 그리고 '현실'이라는 말과 짝을 이룬다. '현실'은 땅에 발 딛고 있는 것, 확실한 것, 더 나아가 옳은 것을 상징하는 데 견주어 '꿈'은 덧없는 것이자 상상으로 그린 그림 같은 것, 더 나아가서는 몽상이다. 셰익스피어는 〈폭풍우The Tempest〉에서 프로스페로의 입을 통해 이렇게 말한다. "우리 인간은 어차피 꿈과 같은 존재여서, 사람의 일생은 그저 잠으로 끝난다."

"그런 꿈같은 말만 하고 있으면 뭐가 되겠어?" 우리도 이런 대사를 곧잘 입에 올린다. "좀 더 현실적이 되라고." 그러나 모든 이의 무릎을 꿇리는 강렬한 힘을 지닌 말 '현실'의 내용을 잘 보면 의외로 이해타산적인 것, 괴로운 것, 불합리한 것 등 아무리 봐도 향긋하지 않은 것만 가득 차 있다. 유쾌하고 아름다운 현실은 마치 적이라도 되는 듯 걸러내 버리는 일이 많다. 그러니까 "현실적이 되어라"라는 말은 종종 "불가능하니 포기해라"와 같은 뜻이다. 이는 오늘날 학생들이 천연스럽게 입에 올리는 말 "어렵다고요"와 닮았다. "선생님, 그거 어렵다고요"는 "나 안 할래요"라는 뜻이다. '현실(적)'이라는 말에는 이렇게 가끔, 발을 너무 굳세게 딛고 있어서 뿌리가 자라나버려 더는 한 발짝도 움직일 수 없게 만드는 힘이 숨어 있다.

그런데 '꿈'이라고 하면 떠오르는 것은 뭐니 뭐니 해도 마틴 루서 킹Martin Luther King Jr. 목사의 유명한 연설 〈내게는 꿈이 있다I Have a Dream〉이다. 킹 목사는 이렇게 호소했다. "만약 오늘, 내일의 곤경에 직면하게 되더라도 나는 더욱 꿈을 꾸리라." 그리고 그 '꿈'은 당시 상상의 그림으로만 여겨지던 아프리카계 미국인의 공민권을 비약적으로 실현시켰다. 후쿠시마 사토시福島智* 박사를 길러낸 시오노야 오사무塩谷治 선생이 생

• 일본의 배리어프리 연구자이자 도쿄대학 교수, 사회복지법인 전국시청각장애인협회 이사, 세계시청각장애인연맹 아시아 지역 대표이다. 세계 최초로 대학에서 상근 교원이 된 시청각장애인이며 전공은 배리어프리 교육, 장애학, 장애인 복지, 접근성이다. 3세와 9세 때 시력을, 18세에 청력을 잃은 뒤 전맹·전농의 시청각장애인이 되었다. 다만 18세 이전까지의 기억이 있어서, 자기 말을 듣지 못해도 말은 할 수 있기 때문에 강의나 강연회에서도 발성해 이야기하며 모친 레이코가 고안한 손가락 점자를 사용해 대화한다.

전에 하신 말씀도 떠올려본다. "불가능하다고 말하지 않는 사람들이 역사를 만들어왔다." 정말 명언이지 않은가!

이제 앞서 이야기한 셰익스피어의 희곡 속 대사가 전혀 다른 의미로 읽히지 않는가. 우리와 역사를 실제에 넣어 엮어내는 것은 사실 '꿈'이며, '현실'은 오히려 한 발 옮기는 귀찮음에서 도망가기 위해 머릿속으로 생각해낸 몽상에 지나지 않는 상황이다. '정말로 할 수 있는 것'과 '할 수 있다고 생각하는 것'이 그렇게까지 일치하진 않을 것이다. 그럼에도 '현실'이라는 말의 압도적인 힘 아래 얼마나 많은 이상이 '이상론'으로 정리되어버렸을까. 얼마나 많은 아름다운 것이 '그저 겉만 번드르르한 것'으로 간주되어 햇빛을 보지 못했을까. 얼마나 많은 '선'이 '위선'이라는 말의 검 아래 쓰러져갔을까.

응? 어려워서 졸린다고? 정말 실례 많았습니다. 어쨌든 교토의 꿈, 오사카의 꿈….

굳이 위선을 행하세요

몇 년 전 한 대학에서 〈볼런터리 액티비티voluntary activity〉라는 수업을 담당한 적이 있다(혼자는 아니었고 담당자 중 한 명이었다). 그런데 이 말은 영일사전 어디에서도 찾아볼 수 없다. '볼런티어 액티비티volunteer activity'(자원봉사활동)는 금방 찾을 수 있다. 이렇게 조금 다른 부분이 우리 수업의 핵심이다.

'볼런터리'는 '자발적인'이라는 뜻이다. 우리에게 익숙한 '볼런티어'와 어원이 같다. 첫 수업 때 대략 이런 이야기를 했다. "한마디로 하자면, 이 수업은 '굳이'라는 두 글자를 빼면 아무것도 없다고 하겠습니다." 아무튼 요즘 학생들은, 눈치만 보는 건지 잘 모르겠지만 무얼 해도 '굳이' 한다거나 '자발적으로' 움직이지 않는다. 정말로 '볼런터리'한 활동을 하는 사람들을 초대해 이야기를 들으면서 학생들을 부추겨 어떡하든 뭔가를 하고 싶게 만드는 것이 담당자들의 목표였다.

그런데 학생들 반응을 보면 정해진 듯 해마다 이런 말이 섞여 있었다. "나도 곤란한 상황에 놓인 사람을 보면 도와주고 싶고 자원봉사활동에도 관심이 있다. 그런데 이런 내 생각이 위선은 아닐까, 자기만족에 지나지 않을까 싶어 아무래도 주저하게 된다"는 것이다. 내부에서 상의한 끝에 '자원봉사는 위선인가'라는 수업을 한 시간 더 넣기로 했다. 그리고 어쩌다 보니 내가 맡게 되었다.

수업을 몇 번 거듭하면서 알게 되었다. 학생들이 '위선'이나 '자기만족' 같은 말에 공포를 느끼는 이유는, 다른 사람에게 그렇게 지적당했거나 그런 사람을 실제로 보고 싶은 기분이 든 경우도 있기야 하겠지만, 대부분은 그렇지 않다. 오히려 사람들이 자기를 보고 그렇게 생각하면 어쩌나 걱정되어 마음속에 생기는 응어리, 그 막연한 불안 덩어리가 내는 소리인 경우가 많았다. 그렇다면 이는 실체가 없는, 말하자면 유령 같은 것으로 봐도 될 것이다. 이 유령의 공포에서 벗어나기 위해서는 유령의 정체를 폭로해버리는 것보다 나은 방법이 없으리라.

애초에 신이 아닌 사람의 몸으로 '완전한 선'을 이루는 것이 가능할 리 없다. 우리가 애써봤자 가능한 것은 '도중의 선', 즉 '미선未善'에 지나지 않는다. 그러나 우리는 어리석게도 (또 귀엽게도) 이를 완전한 선으로 착각하고 "이것이야말로 선이다"라고 퍼뜨리거나, "네가 한 일은 선이 아니야"라고 판단하거나, 더 나아가 "어차피 난 그런 거 못해" 하면서 처음부터 선에 이르기를 완전히 포기하고, 자기보신을 위해 다른 사람이 하려는 일까지 방해한다. 아무래도 주변에 그 유령의 고향이 있는 모양이다.

정리하자면 "아직 선이 아닌 것을 완벽한 선이라고 오해하는 지점에서 위선이 생겨난다"고 할까. 이 유령들은 우리가 길을 헤매면서도 서투르게나마 저 멀리의 선을 향해 그저 꾸준히 걸어가는 모습을 가장 싫어한단다. 그림자처럼 실체 없는 이 유령에 대해, 가엾게도 학생들이 주변의 눈치를 너무 보고 또 너무 과민하게 반응하기 때문에 손쓸 틈조차 없이 유령에게 사로잡혀버리는 것이다.

이 세상에는 다른 사람에게 보이기 위한 위선, 그 악취가 심해 도저히 참아낼 수 없는 위선도 분명 존재할 것이다. 그러나 학생들은 어디까지나 자신이 다른 사람들 눈에 그렇게 비칠까 봐 두려워했다. 그래서 늘 이런 식으로 수업을 마무리하곤 했다.

"여러분은 '굳이' 당당하게 위선을 행하면 됩니다. 어느 날 갑자기 진정한 선으로 바뀌지 않는다고 단정할 수는 없잖아요? 그걸 보고 누가 위선자라고 한다면, 스스로 미숙함을 되돌아보게 하는 작은 인연이었다고 생각하십시오. 그리고 이렇게 말하세요. '그렇게 말하면서 낮잠이나 자는 것보다는 훨씬 낫다'라고요. 혹시 자기만족 아니냐고 묻는다면 이렇게 받아치십시오. '그렇다면 당신은 스스로에게 만족하지 않느냐'라고요. 자기만족의 반대말은 자기불성실이니까요."

할 일이 너무 많은 증후군

여름방학이다. 예전에는 이렇게들 말했다. "선생님이라는 직업은 참 좋겠다. 일 년에 세 번이나 긴 휴가가 있잖아." 그런데 요즘 선생님들, 도대체 왜 그런지 의외로 많이들 바쁘다. 무슨일이 있든 학교에 출근한다. 심지어 방학 중에도 대부분이 학교에 나온다. 게다가 오늘은 어디에 있었고 무엇을 했고 방귀는 몇 번이나 뀌었는지 하나하나 보고하지 않으면 안 된다.

나 같은 비상근도 엄청 바쁘다. 어쩔 수 없이 휴강하더라도 빠진 횟수만큼 반드시 보강을 해달라고 한다. 예전 같으면 그런 경우에 과제를 내주면 되었다. 그러나 지금은 정해진 수업 횟수를 채웠다는 것을 기정사실로 만들어두지 않으면 안 된다. 심할 때는 학기말 시험이 끝난 뒤에도 그저 숫자를 맞추기 위해 억지로 수업을 시킨다. 그렇게 한다고 과연 누가 기뻐

할까!

　그 때문인지 요즘 선생님들은 이런 말을 많이 한다. "물론 알지요. 학생들 한 명 한 명 제대로 마주하고 가르쳐야 한다는 것 정도는요. 그런데 할 일이 너무 많아서 더는 받아들일 여유가 없다고요." "저도 책 읽고 공부하고 싶어요. 하지만 이미 할 일이 넘쳐서 그렇게 여유 부릴 만한 시간이 없단 말이에요." "장애인을 초대하는 인권교육연수회요? 그야 엄청 중요한 일이라는 거 알지요. 그런데 아무튼 지금은 그럴 여유가 없어서." 거의 비명처럼 들리는 "할 일이 너무 많아서 더는 못하겠다"라는 말은 특히 이지메(집단 괴롭힘) 문제를 처리할 때가 되면 더욱 많이 들린다.

　전염이 됐는지, 학생들도 자주 이야기한다. "선생님, 이 과제는 좀 힘들어요. 우리가 영어만 하는 게 아니잖아요? 진짜 할 게 너무 많아서 더는 못한다고요." "공부를 더 열심히 하라고는 하지만요, 우리도 아르바이트하느라 더 공부할 만한 시간이 없거든요?" "분명 곤경에 빠진 사람을 보면 손을 내밀고 싶기는 하죠. 그런데 저도 할 게 많아서…."

　생각해보면, 요새 "할 일이 없으니 다 하겠다"고 말할 수 있는 사람이 누가 있을까? 세상이 이렇게 편리해졌으니 우리는 더욱 여유를 누려도 될 터이다. 아니, 어쩌면 여유를 갖고 편하게 지내자는 생각이 되레 서로에게 할 일을 만들고 여유를 빼앗고 있는지도 모르겠다. 그러고 보니 예전에는 연말연시에 대부분의 가게가 문을 닫았기 때문에 일찌감치 쇼핑을 끝내고 신정은 느긋하게 보냈다. 지금은 마트와 편의점 등이 연말연시에도 밤새 영업을 하기 위해 종업원과 파트타이머를 모집한다. 그래서 우리도 시간을 불문하고 자꾸자꾸 가게로 달려갈 수밖에 없다.

국민병이라고도 할 만한 이 '할 일이 너무 많은 증후군'은 산을 오르는 것과 비슷한 느낌이 든다. 등산하면서 정상이 보이지 않는 깊은 숲속을 걸을 때 지금 방향으로 얼마나 걸어야 앞이 트이는지, 몇 시쯤 정상에 도착할지, 정상에 다다르면 맥주로 건배할지 등을 예상할 수 있다면 덤불숲이 나타나도, 가파른 오르막이 이어져도 그리 힘들지 않을 것이다. 오히려 콧노래라도 한 곡 부를 정도이다. 그런데 그런 예상을 전혀 할 수 없다면, 같은 길을 오르고 있어도 우리는 머릿속이 흘러내리는 땀과 거친 숨소리로 가득 차버려 말수마저 줄어들 것이다.

우리에게 만연한 이 '할 일이 너무 많은 병'은 결국 전체적으로 비전vision실조증, 또는 눈앞에 있는 하나하나와 그 속의 '의미'를 생각해보지 못하는 의식결핍증이라고 할 수 있겠다. 어쩌면 지금 사회 전체가 이미 '할 일이 너무 많은 병' 또는 '비전리스증후군'이라는 중병에 걸렸는지도 모르겠다.

음…. 조금 암울한 분위기가 되어버렸다. 처음부터 이럴 생각으로 쓴 것은 아니었는데….

말의 외모

어느 날, 낯선 곳을 방문하게 되었다. 길을 물어물어 찾아갔고 어떻게 근처까지는 도착한 모양이었다. 이제 건물만 찾으면 되는데… 건물을 특정할 수 없어서 헤매고 있었다. 지나가는 이들에게 물어도 행선지를 정확히 알려줄 수 있는 사람이 없었다. 그런데 근처에 호텔이 있다는 기쁜 소식이 들려왔다. 호텔에서는 틀림없이 알려줄 것이다. 운이 좋으면 안내까지 해줄지 모른다. 그런 희망을 품고 지나가는 사람에게 위치를 물어가며 호텔로 향했다.

고맙게도 호텔은 금방 찾을 수 있었다. 프런트에 물어보니 젊은 남성이 "아아, 거기요? 여기예요"라고 지도를 펼쳐놓고 정중하게 가르쳐주었다. "아, 죄송합니다. 제가 눈이 보이지 않아서요. 혹시 가능하다면 안내를 좀 부탁드려도 될까요?" "잠깐만 기다려주세요." 예절 바른 청년은 안쪽으로 들어가 상의하고 나왔다. "제가 거기까지 안내해드릴게요." 이렇게 훌륭한 청년이 있다니! 나는 감동해서 그의 팔을 붙잡고 걷기 시작했다. 기분 탓인지 가을 저녁에 불어오는 바람도 부드럽고 상쾌하게 느껴졌다.

여기에서 청년이 덧붙인 실망스러운 말 한마디. "그런데 이번만 해드리는 거예요." 아이고, 또 이렇다. 이 말만 없었더라면…. 내 마음속은 어두워졌다.

말 한마디 때문에 맥이 빠진 경험은 이미 산더미처럼 쌓여 있다. 도쿄에서 혼자 살 때의 일이다. 근처에 저렴한 구민 수영장이 있다는 말을 듣자마자 바로 수영을 하러 갔다. "혼자 오셨습니까?" 접수처의 질문에 솔직하게 "네"라고 대답했다. 그러자 상대방은 마음속으로 혀를 차며 이렇게 말했다. "사실은 다른 분이랑 같이 오셔야 하거든요. 저희가 책임을 지지 못하니까요. 뭐, 이번 한 번은 봐드리겠지만." 여러분은 이런 경험이 없을까?

"이번 한 번은 봐준다"는 말은 "어쩔 수 없다"와 같은 말이다. 사실은 안 되는데, 이미 와버린 이상 매정하게 돌려보

낼 수도 없다는 것. 다음에는 절대 그러지 말라는 말을 숨겨놓은 "이번에는 봐주겠다"는 말. 어쩔 수 없다. 돌려 말하지만 실은 매우 강렬하게 '내려다보는 시선'이 느껴진다.

오토타케 히로타다乙武洋匡*가 이탈리안 레스토랑 입장을 거부당한 사건이 떠올랐다. 그는 친구와 둘이서 평판 좋은 어느 이탈리안 레스토랑에 갔다고 한다. 그런데 식당에 들어가려면 계단을 올라가지 않고는 다른 방법이 없는 상황이었단다. 식당 쪽에 도움을 요청했더니 주인은 "휠체어로 올 거면 미리 연락하는 것이 상식 아닙니까? 그러니 도와드리지는 못하겠습니다. 이게 저희 가게 스타일입니다." 오토타케가 이 일을 블로그에 쓰자마자 인터넷에서는 갑론을박이 벌어지면서 난리가 났다고 한다. 물론 오토타케가 나중에 반성하며 쓴 글에서처럼 어쩌면 식당의 말이 어느 정도 일리가 있을지도 모르겠다. 그러나 이때 그를 화나게 한 것은 '사람을 우습게 보는 듯한' 말투였다.

* 작가이자 사회운동가이자 정치인. 선천성 사지절단증 장애인으로 태어났으며, 지은 책으로 《오체 불만족》이 있다.

굳이 그렇게 말하지 않아도 좋았을 말, 남을 깔보는 말은 의외로 그 말을 하는 동안은 스스로 알아차리기 힘들다. "뭐랄까, 우리가 '오히려' 가르침을 받는 듯하네요?" "우리가 '심하게' 어리석었네요?" 이 밖에도 목소리의 상태나 어미가 올라가고 내려가는 억양, 또 숨을 들이마시고 내뱉는 하나하나에 교묘히 숨겨져 있어서, 순식간에 그 사람의 전인격마저 거만한 사람으로 보게 만든다. 그리고 여기에는 '장애인 할인' 따위 존재하지 않는다. '우리가 실제로 어떤지도 모르면서'라는 마음이 상대방이 그랬던 것처럼 남을 깔보는 말이 되어 우리 입을 통해서 나오는 일 또한 흔하다.

말에는 몸통에 해당하는 핵심 부분과 옷이나 매무시에 해당하는 표정 부분이 있다. 이 표정이 몸을 이기고 우리에게 강한 인상을 주는 것이다. 그러니 옷매무시를 경시해서는 안 된다. 말의 세계에서도 분명 '외모가 90퍼센트'일 게다.

배려가 권력이 될 때

유엔의 〈장애인 권리협약〉을 아시는지? 2006년 유엔에서 체결됐지만 일본은 2014년에 141번째 비준국이 되었다. 일본에서는 비준과 더불어 다양한 장애인 관련 법률과 제도가 재검토되고 있으며, 사회에서 장애인을 둘러싼 사고방식과 우리 장애인의 의식과 생활도 크게 변화하는 중이다.

이 조약에서는 '합리적 배려'가 매우 중요한 개념으로 등장한다. 법이 말로는 평등을 얼마나 찬양하는가? 그렇지만 실질적인 결과를 맺지 못한다면 차별과 다를 바 없다. 아주 거칠지만 이렇게 정리할 수 있다. 그런데 시텐노지 국제불교대학 명예교수 신영홍愼英弘 박사*는 이 '합리적 배려'가 번역어로

* 재일외국인 장애인의 무연금 문제를 해결하기 위해 활동하는 시각장애인. 2008년 교

적합하지 않다고 지적한다. 신 교수에 따르면 '합리적 배려'란 본래 'reasonable accommodation'을 일본어로 번역한 말인데, 여기에서 'accommodation'을 '배려'로 번역하다 보니 결과적으로 '합리적이지' 않게 되었다는 것이다.

사전을 뒤적였지만, 과연 아무리 찾아도 'accommodation'을 '배려'라고 써놓은 곳은 없었다. 'reasonable'은 '논리적이다', '분별이 있다'라는 뜻이므로 이를 '합리적'이라고 번역한 것은 타당하다. 그런데 'accommodation'은 어디까지나 '편의', '조정'이어서 신영홍 교수의 지적처럼 이를 '배려'라고 번역하기는 어렵다 하겠다. 특히 엄밀함을 요구하는 법률적 문서에 쓰기에는 부적절하다. 더 나아가 신 교수는 '배려'라고 하면 거기에는 아무리 피하려 해도 '배려하는 쪽'과 '배려받는 쪽'이라는

토·오사카·도쿄·아이치·야마구치·후쿠오카에 거주하는 재일한국·조선인 장애인과 고령자 23명은 노령연금과 장애기초연금 지급을 촉구하는 인권구제를 일본변호사연합회에 신청했으며, 2007년 장애기초연금 지급을 요구하는 소송에서 패소했다. 노후연금을 지급하지 않는 일본 정부를 상대로 위자료 청구소송을 제기했지만 기각되었다. 인권구제 신청인 대표였던 신영홍 교수는 "재일외국인 연금 지급과 관련해 일본 정부는 이들을 구제할 기회가 있었으면서도 방치하고 있다"며 "이는 중대한 인권침해"라고 했다. 연금제도의 국적 조항은 1982년에 폐지되었지만, 1982년 당시 20세를 넘은 재일외국인 장애인과 1926년 4월 이전에 출생한 재일외국인은 장애기초연금과 노령연금 대상에서 제외되어왔다.

역할 관계가 생기기 마련이라고 말한다. 결국 '배려'라는 번역어 아래에서 장애인은 배려받는 '대상'으로서 역할이 주어지며, 장애인이 주체성을 발휘할 수 없는 사회가 존속될 수밖에 없지 않겠느냐고 염려한다.

내가 좋아하는 'accommodation'의 번역어는 '안배'이다 (물론 법률용어로 사용하기에는 낯설지도 모르겠다). 이 말에는 두 가지 한자 표기가 있다고 한다. 하나는 '塩梅'이고 다른 하나는 '按排'(또는 '按配')이다. 본래는 서로 다른 뜻으로 사용되었는데, 발음이 같아 혼동되면서 지금은 같은 말로 쓴다는 것이다. '塩梅'는 요리 용어로 소금과 매실식초로 간을 맞추는 데서 온 말이고, '按排'는 몸 전체를 주물러 근육을 풀어주어 좋은 컨디션을 유지시킨다는 데서 온 말이다.

어느 쪽을 선택하든 '안배'라는 말 자체에는 각 부분의 특성을 살리고 때로는 딱딱해진 부분을 부드럽게 풀어주면서 전체적으로 조화를 이루어낸다는 뜻이 담겨 있다. 이렇듯 적당히 '안배'가 이루어지는 사회에서는 우리 장애인도 '건상자'와 동등한 주체성을 발휘할 수 있을 듯하다.

그런데 이 '합리적 배려'는 언제나 '과중한 부담'이라는 말과 짝을 이룬다. '과중한 부담'이 어떤 영어에서 왔는지는 모르겠지만 '배려'와 '부담' 위에 성립되는 균형과, 앞서 말한 '안배'가 자아내는 조화 사이에는 큰 차이가 있지 않을까?

'배려'와 '부담'이라는 말은 아무래도 천칭을 떠오르게 한다. "우리는 이렇게까지 배려하고 있다. 이보다 더 바라면 너무 무거워져서 천칭이 한쪽으로 기울어지지 않을까" 하는 식으로 말이다. 그러면 우리는 '배려'를 받으면서도, 배려하는 상대편의 부담이 과중해지지 않게 항상 신경 쓰고 배려하도록 강요받는다. 이런 일이 일어나지 않는다고 할 수 없을 것이다. 〈장애인 권리협약〉의 본래 정신이 그런 옴짝달싹하기 힘든 답답한 사회를 건설하는 데 있을 리는 없다. '그래봤자 번역어이지만, 그래도 번역어'인 것이다. 말은 어떤 의도로 조작되기 시작하면 갑자기 천사에서 악마로도 변할 수 있다.

'accommodation'의 어원을 찾아보면 '음계의 일치를 향하여'라는 의미에 도달한다. 그러니 하모니라는 뜻이다. 저마다 음색이 다른 목소리와 악기가 서로의 특성과 장점을 드러내고, 이를 들으며 전체로서 하나의 아름다운 음악을 엮어내는 것, 그런 앙상블이야말로 〈장애인 권리협약〉이 진정으로 실현될 수 있는 사회의 존재방식 아닐까. '적당한 안배'란 참으로 마음이 포근해지는 말이다. 적어도 현재를 살아가는 우리는 이 말을 더욱 소중히 여기면 좋지 않을까.

자력과 자립

이번 글도 몹시 송구하지만 신영홍 명예교수의 말을 빌리기로
했다.

> 장애인의 고용에서 굳이 '자력으로 통근 가능할 것'이라는 조
> 건이 달라붙는 배경에는 '건상자'는 당연히 '자력으로 통근할
> 수 있다'는 고정관념이 있다. '건상자'와 달리 자력으로 통근할
> 수 없는 장애인은 한 명의 사람으로서 '자립'했다고 할 수 없으
> 며, 그 때문에 행정기관과 회사가 특별히 배려하고 또 모두의
> 세금을 사용하는 것은 합리적이지 않다는 생각인 모양이다.

어떤 강연 중에 연사가 갑자기 "자, 여러분. 자리에서 일
어나보세요"라고 한 적이 있다. 여우에게라도 홀린 기분이었

지만 일단 일어났더니 연사는 이렇게 질문했다. "여러분은 지금 정말로 자기 힘으로 서 있다고 생각하십니까?" 점점 더 여우에게 홀린 게 아닌가 싶었다. 그러자 연사가 이렇게 말했다. "지구 중력의 힘을 빌리지 않고서는 그렇게 서 있을 수 없을 것입니다."

그야 그렇다. 이렇게까지 말하지 않더라도 오늘날 우리는 얼마나 많은 것의 힘을 빌려서 살고 있나. 예를 들어 공공교통과 가스, 수도 등 이른바 인프라라고 불리는 것들의 도움으로 우리는 그럭저럭 '자립생활'을 영위한다고 할 수 있다.

인프라의 도움을 가장 많이 받는 이들은 바로 '건상자'이다. '건상자'는 엘리베이터가 없더라도 계단의 도움을 받아 쉽게 오르내릴 수 있다. 점자 블록이 깔려 있지 않아도 플랫폼과 도로에 그어진 선을 보면서 안심하고 걸어갈 수 있다. 또 역과 건물 게시판에 있는 문자와 지도의 힘을 빌려 빠르고 정확하게 목적지에 도착한다. 차내 안내 방송 목소리 덕분에 비상사태를 알게 되고, 곧장 대처법을 결정한다. 말하자면 '건상자'는 '완전 의존 상태'이다. 이 충분한 도움에 완벽하게 의존하는 그들은 '자립'해서 그럭저럭 '자력'으로 통근할 수 있다.

이에 견주어 우리 장애인이 의존할 수 있는 곳은 아직 극도로 제한되어 있다. 어쩔 수 없이 '자력'으로 다양한 방법을 궁리하지 않으면 안 된다. 어떤 때는 가족과 가까운 사람들 또는 지나가는 사람에게 도움을 부탁한다. 공적 서비스와 제도를 이용할 때도 있다. 때로는 국가와 행정에 제도와 인프라를 확충해달라고 요구한다. 그런 우리 모습이 사회에는 "장애인은 많은 것을 다른 사람에게 의존할 수밖에 없으며, '자력'으로는 아무것도 할 수 없으니 전혀 '자립'했다고 할 수 없다"는 식으로 비치는 모양이다. 이 얼마나 우스꽝스러운 패러독스인가!

"발상의 전환이 필요하다." 신 교수는 이렇게 강조했다. 동감이다. 이제까지 '발상'이라고 하면 애초에 무조건적으로 "'건상자'의 발상"이었다. 장애인은 그저 '배려'받으며 그 안에 편입될 뿐이었다. 이 문제에 어떤 의문도 품지 않았다는 점을 사회 전체가 깨닫고 개선해가야 할 때가 왔다.

마틴 루서 킹 목사는 유명한 연설 〈내게는 꿈이 있다〉에서 이런 말을 했다. "흑인의 운명과 백인의 운명은 나누기 어려울 정도로 얽혀 있다. 그러니 흑인 해방 없이는 백인의 진정한 자유는 불가능하다." 이 말은 장애인과 '건상자'의 관계에도 그대로 적용할 수 있다. 이것이야말로 유엔의 "장애인을 내쫓는 사회는 약하고 무너지기 쉽다"는 말이 뜻하는 바라고 생각한다.

이제 눈이 보이지 않는 우리가 사회의 눈을 가리고 있는 콩깍지를 떼어낼 때이다. 우리 장애인이 약해빠진 이 사회를 구할 때이다.

침묵이 배려라는 생각

"침묵은 금이다." "입으로만 하지 말고 실제로 행하라不言實行".

둘 다 특히 일본인에게 사랑받는 격언일 것이다. 대체로 일본

인은 생각하는 대로 말하지 않는 것을 미덕으로 여긴다. 이런

이야기를 들은 적이 있다. 어떤 사람이 강연해달라는 초청을

받아 어느 학교에 갔는데, 학교 게시판 '금주의 목표'에 이런

말이 크게 써 있었단다. "어리석은 자는 말로 하고, 지혜로운

자는 침묵한다." 그렇다면 도대체 무슨 말을 해야 하나 싶어

황당했다고 한다.

　　이는 틀림없이 일본인의 자랑스러운 미덕이지만, 때로

우리 시각장애인의 자유를 옥죄는 씨앗이 되기도 한다. 예를

들어 전철을 탔을 때, 자리가 제법 비어 있는 듯했다. 그러나

어느 자리가 비었는지를 확실하게 알 수는 없다. 아직 젊다고

생각하기 때문에 굳이 자리를 양보받고 싶지도 않지만, 빈자리가 있다면 이야기는 달라진다. 당연히 앉고 싶다. 그렇다고 흰 지팡이°를 더듬으며 찾을 수도 없는 일이다. 그럴 때 "여기 자리 비었어요"라고 한마디 해주면 얼마나 좋을까? 우리 시각장애인들은 자리를 양보해주는 사람보다 빈자리가 어디인지 알려주는 사람을 훨씬 고마워한다는 사실은 의외로 잘 알려져 있지 않은 모양이다.

수업 시간에 그렇게 말했더니 한 학생이 말했다. "그래서 저는 전철이나 버스를 탈 때 아무리 자리가 많이 비어 있어도 절대로 앉지 않아요. 만약 어르신이나 몸이 불편한 분이 탄다면 자리를 비켜줘야 하잖아요? 그러려면 용기가 필요하고요. 그분에게 꼭 말을 걸어야 하니까요. 또 그렇게까지 했는데 거절이라도 당하면 어떡하나 싶잖아요. 저한테는 제법 부담이 되거든요." 아, 그랬구나. 그는 분명 매우 착한 사람일 것이다. 그렇다고 이렇게까지 마음을 바위섬처럼 무장하고, 눈앞에서

• 미국의 안과의사 리처드 후버Richard Hoover 박사가 시각장애인의 보행을 교육하기 위해 제작한 시각장애인용 지팡이. 다른 장애인이나 노인이 보행할 때 쓰는 지팡이와 구별하기 위해 흰색을 사용한다.

벌어지는 일 바깥으로 피해 있으려 하다니. 그러면 쓸쓸한 마음이 들지 않을까?

이런 일도 있었다. 내 근처에 있던 누가 "앞에 비었어요"라고 했을 때 순간 이게 무슨 소리인가 했지만, 이내 빈자리가 생겼다는 말임을 깨달았다. 나는 감사 인사를 하고 자리에 앉았다. 그러자 그가 다른 누구에게 정중히 감사 인사를 하는 것이 아닌가! "죄송합니다. 이분을 위해 일부러 자리를 양보해주시다니, 정말 고맙습니다." 아무래도 자리를 양보해준 사람과 비었다고 일러준 사람은 다른 사람이었던 모양이다. 그 순간에도 행방을 알 수 없는, 말없이 덕을 베푼 그 사람은 끝까지 침묵을 지켰다.

나는 이런 상황이 너무나 견디기 힘들다. 자리를 양보해준 사람에게 감사의 말을 직접 전하고 싶어도, 이렇게 완전히 침묵을 지키고 있으면 도대체 어디를 향해 인사해야 할지조차 알 수 없지 않은가. 분명 그는 자신의 영예 따위에는 관심 없이 이웃에게 정성을 다하는 사람일 것이다. 하지만 그의 침묵에는 내 존재가 머무를 곳이 먼지 한 톨만큼도 없지 않은가. 이런 상황에 맞닥뜨릴 때마다 뭐라 형언할 수 없이 답답하고 몸 둘

바를 몰라 곤혹스러워지는 것은 이 때문이리라.

중학교 시절에 가정 선생님은 언제나 이렇게 말씀하셨다. "너희는 눈이 보이지 않으니 말로 보거라." 또한 보고 알게 된 것을 하나하나 말로 설명해주셨다. 보이지 않으면 알 수 없는 것은 반드시 물어보라고도 하셨으며, 눈으로 봐서 이상한 것은 하나하나 세세하게 지적해주셨다. 물론 선생님의 가르침은 무서웠다. 하지만 그것이 나를 얼마나 자유롭게 해주었는지 헤아릴 수 없을 정도이다. 나는 지금도 선생님께 깊이 감사드린다.

물론 먼저 우리 자신이 자존심과 편견으로 마음이 혼탁하지 않아야 한다. 상큼하게 말을 투영할 맑은 '마음의 눈'을 지니도록 항상 염두에 두어야 할 것이다. 또 우리가 발화하는 말에도 특별히 주의를 기울여야 한다는 점을 명심하고, 그렇게 되도록 노력해야 할 것이다. 그리고 말수 적은 겸양한 동포 여러분, 헬렌 켈러의 말을 빌려 그대들에게 부탁하겠습니다. "부디 그대들의 말의 등불을 조금 더 높이 들어주시지 않겠습니까? 그리고 그 빛으로 우리가 걷는 길을 밝게 비춰주시길."

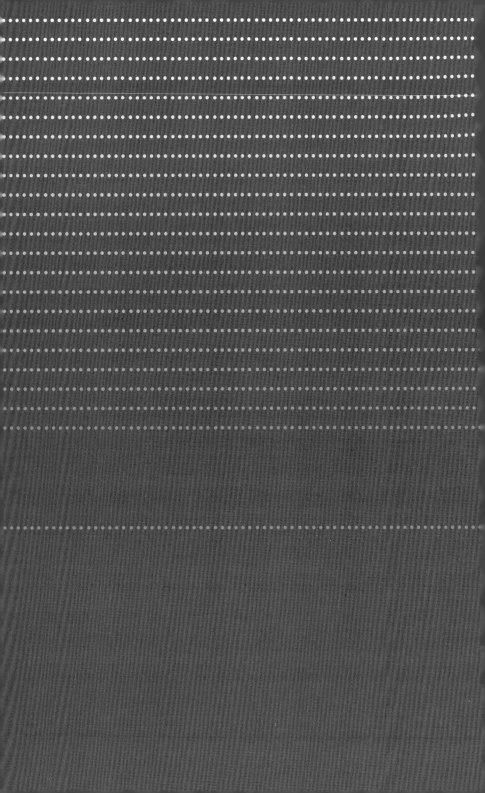

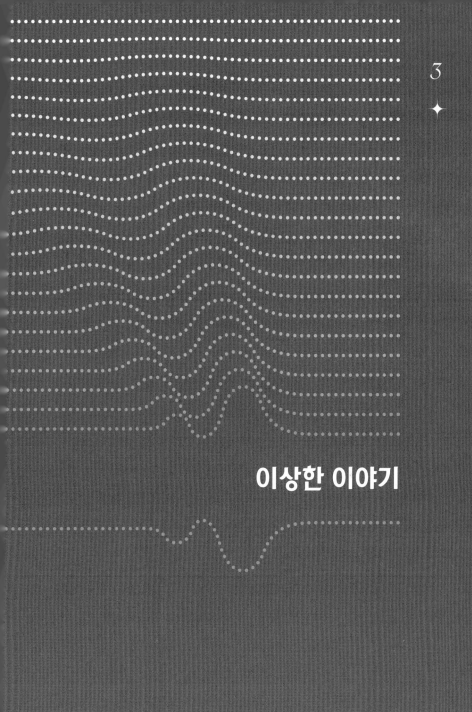

3

이상한 이야기

북쪽으로 갈수록 추워진다. 당연하다.
그런데 오스트레일리아에서는
북쪽으로 갈수록 더워지는 것이 당연하다.
내게만 당연한 것을 세상의 법칙인 양 여기면서
다른 것을 틀렸다고 단정하는 것은
위험할 뿐만 아니라 시시하기 짝이 없다.
익숙한 풍경이더라도 한번 다른 각도에서 바라보자.

이상야릇한 평등

프랑스 격언 가운데 이런 말이 있다. "세상 모든 사람과 친구라면 누구의 친구도 아니다." 역시 개인주의와 모럴리스트의 나라다운 엄격한 말이다.

교사가 된 지 얼마 안 되었을 무렵, 단순하게도 나는 항상 모든 사람을 시야에 넣고 누구든 알기 쉬운 수업을 하면서 모든 학생에게 사랑받는 교사가 되고 싶다고 생각했다. 그렇지만 교단의 현실은 달콤한 꿈 따위는 순식간에 박살 내어놓는다. 이제는 오히려 학생들의 선호가 뚜렷하게 갈리는 교사가 되고 싶어졌다.

모두에게 평등하게 이해되는 수업이 가장 좋은 수업이라는 것은 누구나 안다. 그러나 내 경험에 따르면, 모든 학생에게 평등한 수업을 목표로 하는 순간 수업은 결과적으로 원하는 방향으로 가지 않는다. 오히려 학생들 중 한 사람 또는 아주 소수의 학생들을 정한 뒤 특별히 그들에게 말을 걸듯 진행해야 한다. 어떤 원리로 그렇게 되는지는 모르겠지만, 아무튼 이렇게 하면 그 소수의 학생들에게서 신비한 힘이 나와 점점 전체로 퍼져나간다. 잘되면 드디어 한 반 전체를 집어삼키는 큰 물결로 발전할 수도 있다.

'평등'. 아들이 초등학교에 다닐 무렵의 어느 여름방학이었다. 아들은 자유연구* 숙제로 집 근처 사철(사유철도)**의 지선에 해당하는 역 플랫폼에서 유도 블록의 설치 상황을 조사하기로 마음먹었다. 재미있을 것 같기에 나도 함께 가기로 했다. 조사해보니 설치된 곳과 설치되지 않은 곳이 거의 반반이었다. 아들과 나는 이 결과를 가지고 사철 본부에 물어보기로 했다. 수습기자가 된 기분으로 한 손에 연필을 쥐고 질문하는

● 학생 스스로 주제를 정하고 연구해 보고서를 작성하는 것. 일본 초등학교의 여름방학 숙제로 빠지지 않으며, 학교에 따라서는 미술이나 공예 등의 자유 작품을 요구하기도 한다.
●● 예전에 국철(국유철도)이었던 'JR' 이외의 철도 기관을 이르는 말. 현재는 국철도 민영화했기 때문에 구별하는 의미가 없지만, 지금도 '사철'이라고 하면 'JR'를 제외한 철도를 가리킨다.

아들에게 담당자는 이렇게 대답했다. "꼬마야, 있잖아, 아저씨들도 모든 역에 유도 블록을 깔아놓으면 좋다고 생각해. 근데 말이야, 그렇게 하면 계단 슬로프는? 엘리베이터는? 장애인용 화장실은? 그러니까 유도 블록 생각만 할 수는 없는 거란다. 너한테는 조금 어려울지 모르겠는데, 유도 블록만 생각하는 건 평등이 아니란다." 돌아오는 길에 나는 이 세뇌를 푸느라 고생해야 했다.

이런 '평등'은 우리 주변에 의외로 많이 넘쳐난다. 어느 대학교수는 학생 중에 시각장애인이 있다는 이유로 그 수업에서 프린트 자료를 만들지 않기로 했단다. 또 어떤 곳에서는 점자 자료가 있다는 사실과 그 점자 자료를 어디에 청구하면 되는지를 묵자墨字[눈으로 읽는 문자]로만 알렸다고 한다. 그 정보를 점자로도 고지해달라고 요청하자 "그런 식으로 특정한 사람들에게만 특별한 형태로 정보를 제공하는 것은 평등의 원칙에 위배됩니다"라는 말로 거절당했다고 한다. 맹학교에 다닐 때 우리가 불평하면 "다른 특수학교나 농학교는 훨씬 더 힘들다"라는 이야기를 자주 들었다.

내 생각에 '평등'은 꽤 역동적인 의미가 아닐까 싶다. 서로 협력해가면서 모두 함께 구하고 만들어나가는 것이리라. 그 과정에서 필연적으로 어떤 차이가 생겨나더라도 그것은 우리를 좀 더 높은 수준에서 하나로 만들고 행복하게 할 활력의 원천으로 기능할 터이며, 실패하더라도 시기하거나 방해하는 소굴이 되지는 않을 것이다. '평등'이란, 말하자면 우리를 늘 향상하기 위해 도와주는 훌륭한 교사와 같다.

이에 견주어 '이상야릇한 평등'은 앞서 나왔듯 다소 불편함은 있더라도 어느 정도 비와 이슬을 막아주는 보루 같은 존재이다. 만약 좀 더 쾌적한 생활을 바라지 않고 문제 해결을 미뤄도 괜찮다면, 굳이 찬 바람을 맞고 땀 흘려가며 고치지 않더라도 일단은 그 안에서 따뜻하게 낮잠은 잘 수 있다는 것이다. 우리는 이 두 가지 '평등'을 교묘하게 섞은 언어의 마법에 자주 당해왔다.

'평등'을 이루는 두 가지 방법이 있다. 하나는 모든 사람의 최대공약수를 구해 똑같이 대우하는 것이고, 다른 하나는 한 사람 한 사람을 모두 편애하는 것이다. 내게는 후자의 방식이 유일하고도 현실적인 방법처럼 보인다.

깎아줄 테니 참아라?

나는 평소에 어느 사철의 지선을 이용한다. 한가로운 차창 밖 풍경은 무척 훌륭하다. 근처에는 유명한 온천도 있다. 그러나 운영은 녹록지 않은 모양이었다. 그런데 들리는 말에 따르면, 내가 이용하는 이 사철이 요즘 은근히 인기가 있단다. 무엇보다 여러 철도회사에서 차량을 불하받기 때문에 다양한 조합의 차량을 운행하는데, 가끔은 꽤 드문 '레어 아이템' 차량도 번갈아 등장한다는 것이다. 그러니 철도 마니아들에게는 얼마나 즐거운 일일까.

그런데 최근 내가 이용하는 역의 승차권 자동발매기가 새로 바뀌었다. 그런 줄도 모르고 역에 가서 차표를 사려다가 깜짝 놀랐다. 기계가 아주 멋들어지게 반들반들했는데, 이른바 터치스크린이라는 녀석이었다. 적외선에 반응한다는데….

감도가 뛰어나다는 이 신식 기계 앞에는 혼돈에 빠진 선남선녀들이 줄지어 서 있었다. 당연하게도 나는 쓸 수가 없었다. 역무원이 자세히 설명해주었지만 전혀 이해가 가지 않는다. 그래서 일단은 창구에서 차표를 구입해 급히 전철을 탔다.

물론 나는 바로 본사에 전화를 걸었다. 연락해주겠다고 한 뒤 일주일을 꽉 채워 기다리게 하기에, 답답해서 다시 전화해 겨우 대답을 받아냈다. 대충 이런 내용이었다. "저도 그런 일이 있으리라고 생각하긴 했어요. 그런데 위에서 텐 키$_{ten}$ $_{key}$•가 붙어 있는 자동발매기는 비싸서 도입할 수 없다고 하잖아요. 그러니까 창구에서 제대로 응대해드릴 테니 창구에서 표를 구입하세요. 네? 그러면 그런 사정을 시각장애인 분들에게 알려드리라고요? 아니, 특정 사람들에게만 홍보하는 것은 위에서 인정해주지 않는다니까요. 게다가 이렇게 저희가 여러분에게 폐를 끼치고 있으니 운임을 반액으로 깎아드린다는 이야기도 위에서는 나오는 모양이라…."

아이고, 세상에. 얼마나 아래에 있는 분인지 또는 위에

• 숫자를 입력할 수 있는 전용 키.

계시는 분인지는 알 수 없지만 "나는 책임이 없다"고 열심히 주장하시는 것 정도는 잘 알겠다. 그런데 아무리 이해하려 해도 이해되지 않았던 것은 역시 장애인 반액 할인에 관한 이야기였다. 아니, 그렇다면 우리 장애인에게 적용되는 운임 할인 제도의 본질이 윗분들 말씀처럼 "민폐를 끼치기 때문에 주는 돈"이라는 것인가? 그렇다면 너무나도 임기응변적인 대응이고, 무엇보다 너무 비굴하지 않은가? 게다가 듣기에 따라서는 "반액으로 깎아주고 있으니 이 정도 불편함이나 위험 같은 건 좀 참아봐"라고 들릴 수도 있다. 그렇다면 우리 장애인에게서도 요금을 제대로 받아 설비를 확충하는 편이 훨씬 더 논리적이지 않을까.

　　　여기에서 나는 근본적인 문제에 부딪히고 말았다. 덕분에 오랫동안 생각해보게 되었다. 바로 이 장애인 할인제도가 애초 무엇을 위한 것이었나 하는 문제이다. 사철 윗분들이 말씀하시듯 '민폐료'일까? 아니면 수입을 올리기 힘든 환경이 강제되는 우리 장애인들에게 소득을 보전해주는 것일까? 그렇다면 비싼 100킬로미터 이내 운임과 특급 요금, 지정석 요금은 왜 포함되지 않는 걸까? 또 장애인이라도 충분한 소득이 있는 사람에게는? 점점 더 이해되지 않는다.

　말은 이렇게 해도, 보잘것없는 비상근 생활로 매주 장거리를 이동해야 하는 내게는 이 제도가 얼마나 고마운지 모른다. 그렇지만 어디까지나 개인적인 사정일 뿐, 장애인이라서 지니는 '권리'는 아니다. 참으로 괴로운 일이다.

　오늘도 나는 항상 다니는 역에서 항상 타는 완행 열차를 탄다. 어렸을 때처럼 창구에서 역무원과 대화를 나누며 그리운 옛날에 그랬듯 구멍을 뚫는 종이 티켓을 건네받는다. 보통 요금의 반액을 지불하고서….

✦

배리어프리 프리

배리어프리barrier free는 훌륭하다. 글자 그대로 여러 곳에서 우리를 방해하는 다양한 장벽을 날려버리고 자유를 가져다준다. 역 계단 손잡이나 엘리베이터 등에 있는 점자 표시가 그렇고, 은행 창구 등에서 제공하는 대필 서비스가 그러하다.

이 '배리어프리'는 (선거 때는 특히 더) '이용하기 쉬운'이라는 문구를 단짝처럼 달고 다닌다. "장애인이 이용하기 쉬운, 고령자가 이용하기 쉬운, 배리어프리 사회를 실현하는 ○○에게 깨끗한 한 표를!"처럼 말이다.

그런데 없어지면 편하고 좋다고만 할 수가 없는 게 바로 장벽이라는 녀석이다. 방해꾼이 없어진다는 것은 방해꾼에 의해 지켜지는 부분도 없어진다는 뜻이다. 즉 "이게 있어서 (또는 없어서) 안 됩니다"라고 변명할 수 없게 된다는 뜻이다. 방해꾼이 없으니 사회에 다방면으로 공헌해야 한다는 책임이 지워지는 것이다. 동시에 사회도 "이런 곳에서 너희 같은 사람이 튀어나올 줄 생각도 못했다"라고 변명할 수 없게 된다. 이 양면이 분명히 인식되어야만 정말 배리어프리 사회라고 할 수 있을 것이다.

그중에서도 전철역 등에 설치된 이른바 교통 배리어프리의 진화는 엄청나다. 앞서 말한 계단 손잡이의 점자 표시는 정말로 획기적이다. 눈이 잘 보이는 사람에게 "저기에 뭐라고 써 있을 것 같아요?" 물어보면 보통은 "올라가는 (내려가는) 계단"이라든가 "계단이 몇 개인지 아닐까?"라는 대답이 돌아온다('손잡이'라고 대답하는 사람도 있다). 실은 계단이 끝나는 곳에 무엇이 있는지에 관한 정보(예컨대 오른쪽이 몇 번 플랫폼이고 어디로 가는 전철이 오는지 또는 어떤 개찰구로 이어지는지)가 적혀 있다. 우리에게 정말 필요한 것과 그렇지 않은 것을 뜻밖에 사람들이 이해하지 못하고 있음을 드러내는 좋은 예라 하겠다.

요즘에는 역무원에게 부탁하면 플랫폼까지 인도해 전철을 태워주는 데다, 각 환승역에 연락해 목적지까지 안전히 도착할 수 있게 도와준다. 덕분에 우리는 아예 처음 가보는 낯선 곳도 안심하고 여행할 수 있다.

　그런데 아아, 신이시여! 저를 불쌍히 여기소서. 나는 이 대단히 감사한 배리어프리가 때로는 너무나 귀찮게 여겨진다. 예를 들면 낯선 역에서 환승을 해야 할 때이다. 환승 시간이 몹시 짧을 때가 있는데, 그럴수록 서비스의 진가가 발휘될 테다. 그런데…. "손님, 다음 역에서 환승하는 시간이 짧기 때문에 손님에게는 불가능할 것 같습니다. 그러니 다음 전철을 타도록 합시다. 한 시간만 기다리면 다음 열차가 오니까요." 아니, 잠깐만 기다려! 나도 예정된 일이 있단 말이다. 그 정도 환승시간이라면 인도만 받을 수 있다면 여유롭게 전철을 탈 수 있는데…. "환승시간이 15분 이상으로 정해져 있어서요. 그리고 내리실 역에서 확인할 필요도 있고요." "그럼 죄송하지만, 저 혼자 어떻게든 해볼 테니까요…." "아니요. 무슨 일이 생기거나 다치시기라도 하면 안 되거든요." 아무리 괜찮다고 말해도 단호하게 플랫폼 끝에 설치된 엘리베이터까지 데리고 가거나 정차 10분 전부터 "손님, 다음 역에서 내리셔야 하니까 슬슬 준비하시지요"라고 할 때도 있다. 역시 내가 다른 사람이 베푸는 친절을 받아들이지 못하는 고집쟁이일 뿐인가….

그러나 이것만은 확실하다. 무엇이든 배리어프리가 계획되고 실시될 때 혜택을 받는 사람과 주는 사람 사이에 유연한 커뮤니케이션이 상정되지 않는다면(그리고 물론 우리가 그에 대한 의견과 감사를 진지하게 이야기할 자세를 갖추지 않는다면), 이는 결국 우리를, 또 사회 전체를 자유(프리)롭게 만들 수 없을 것이다. 오히려 또 하나의 단단한 장벽(배리어)이 되어 우리 한가운데에서 우리를 가로막을 것이다.

그런 융통성 없는 '배리어프리'를 향해 나는 이렇게 외치고 싶다. "'배리어프리' 프리!"

'보통 명함' 이야기

왠지 올해는 강연의 해로 당첨이라도 된 듯하다. 강연 청탁이 도대체 어떤 식으로 이루어지는지 모르겠는데, 어떨 때는 의뢰가 너무 많고 없을 때는 정말 하나도 들어오지 않는다. 그런데 이 또한 신기하게도 항상 주제가 결정되어 있다. '차별', '인권', '장애인 문제' 같은 주제로 말이다. '영어교육의 여러 문제'라든가 《나니아 연대기》에 관하여' 같은 주제는 일단 없다. 그러니 "제 전공이 아니라서" 하며 거절하는 게 옳은 상황이다. 하지만 뻔뻔하게도 의뢰를 받아버리는 부분이 나의 얍삽한 구석이다. 이거 뭐, 언제 사기 용의자로 붙잡혀가도 이상하지 않을 정도이다.

올해 최대의 무대는 뭐니 뭐니 해도 ○○시에서 열린 '차별 없는 밝은 ○○시를 건설하는 시민대회'의 강연이었다.

시장이 직접 참석하고 300명 이상의 청중이 모인다고 했다. 이렇게 되면 드디어 제대로 된 사기가 아닌가. 그러나 상대방이 보기에 [내가] 부족한 부분은 없다. 시치미를 떼고 당당히 강연하면 될 일이다.

생각해보면, 이런 종류의 강연에서 나를 부를 때 '나'보다는 오히려 내 안의 '장애인'을 원하는 경우가 많다. 이는 나를 초청하는 주최 측 관계자들에게만 해당되는 이야기가 아닐지도 모르겠다.

강연에서 내 전공에 관해 담담히 이야기하다 보면 얼마 지나지 않아 대부분의 연회장 분위기가 점점 뒤숭숭해진다. 그리고 무언의 목소리가 나를 압박한다. '도대체 눈이 안 보여서 고생한 이야기는 언제부터 해줄 건데?' 강연이 '차별'이나 '인권'과 관련된 집회에서 이루어질 경우에는 더더욱 그러하다. 그러면 강연자는 '바로 이때다'라는 듯 차별받은 이야기를 자랑스럽게 늘어놓는다. 청중은 '아, 모르는 사이에 내가 차별하고 말았구나!' 하고 가슴을 치며 집으로 향한다. 마치 〈미토 고몬水戶黃門〉*

• 에도 시대를 배경으로 한 일본의 장수 드라마로 1969년부터 2011년까지 방영되었다.

이나 〈서스펜스 극장〉*에서 나타나는 듯한 카타르시스 효과가 여기에 있는 것이다. 이건 뭐, 끝나지 않는 가스 빼기**와 목욕재계***의 발전 없는 악순환이 아닌가. 나는 겨우 얻은 좋은 기회를 그런 식으로 끝내버리는 것이 싫었다.

이 강연은 아주 큰 행사였기 때문에 아주 일찍부터 강연 의뢰가 들어왔다. 시청 과장님은 굳이 우리 집까지 찾아와 정중히 명함을 내밀며 이렇게 말했다. "보통 명함밖에 없어서 죄송합니다."

"네?" 놀라서 되물었다. 하지만 그럴 필요도 없었다. '보통 명함'이란 바꿔 말하면 점자로 쓰여 있지 않은 명함을 뜻할 테니.

여기에는 세 가지 이상한 점이 있다고 생각한다. 맨 먼

• 1981~2005년에 추리물, 호러 등 서스펜스 드라마를 단막극 형식으로 방영한 〈화요 서스펜스 극장〉을 가리킨다. 슬픔이 없으면 서스펜스가 아니라는 콘셉트에서 출발해, 단순한 트릭을 푸는 데 그치지 않고 제대로 된 휴먼드라마를 만들고자 등장인물은 모두 무거운 짐을 짊어진 사람들로 구성되었으며, 이를 충실히 묘사하는 것이 최대 관건이었다고 한다.
•• 어떤 계층이나 집단 내부에 불만이 쌓여 폭발할 것 같은 상황에서 그 분노를 다른 방향으로 돌려 폭발을 막는 것.
••• 일본 전통문화에서 6월의 여름 제사를 앞두고 몸을 정갈하게 하는 것을 뜻한다.

저, 점자가 없는 명함을 조금도 주저하지 않고 태연히 '보통 명함'이라고 말해버리는 사고방식. 그리고 의뢰받는 곳에서 사용하는 문자가 점자라는 것을 알면서도 어떻게 하면 점자 명함을 준비할 수 있을지 알아보려고도 하지 않은 채 그저 의례적인 "죄송합니다"라는 말로 대충 뭉개려 한 점. 그리고 이 말을 하는 사람이 "차별 없는 밝은 ○○시를 건설하는" 이벤트의 주최 측에 속한다는 점이다.

작년 2010년에 우리는 일본 점자 성립 120년을 축하했다. 더욱이 작년은 점자 창안자 루이 브라유의 탄생 200주년이자 일본 점자의 아버지 이시카와 구라지 탄생 150주년에 해당하는 해였다. 그러나 결국은 우리 내부의 이미지일 뿐이었던 것이다.

물론 나는 이런 이야기를 본론에 들어가기에 앞서 잠깐 건드렸다. 그러나 강연이 끝났을 때 그 과장님은 싫거나 불편한 기색 하나 없었다. 다른 직원에게 "과장님을 이야기 소재로 써서 미안합니다"라고 말했더니 다음과 같은 대답이 돌아왔다. "아닙니다. 분명 이해해주셨으리라 생각합니다." 뭐라고? 도대체 이게 무슨 뜻이지? 내 이야기의 취지가 마음속 깊이 전달되어 반성하고 있을 거라는 말? 아니면 관대한 마음으로 나를 용서해주실 거라는 말? 아이고, 일본어는 정말 어렵구먼.

그래서 나는 그 큰 무대에서 도대체 무슨 이야기를 하고 왔느냐고? 아니, 그건 또 다른 문제지….

"어디 가니?"

〈점자 마이니치〉에 멋진 수필을 연재 중인 소프라노 가수 시오노야 노부코가 한 지면에 이런 이야기를 쓴 적이 있다. "가끔 길거리에서 일면식도 없는 사람이 갑자기 반말로 말을 붙이는 경우가 있다. 이런 일은 아무리 당해도 익숙해지지 않는다." 정말 그렇다. 그런데 제법 자주 일어나지 않나?

'반말'이란 한마디로 정중한 말이나 경어를 사용하지 않고 이야기하는 것이다. 일본어에는 섬세한 경어 표현이 있어서 다른 사람과 이야기할 때 먼저 상대방이 나이나 지위, 역할 관계에서 자신보다 위인지 동등한지 아래인지가 중요한 문제가 된다. 그러니 어른들끼리 처음 만나는 경우 일단 처음에는 정중한 말을 사용한 뒤, 신중하게 정보를 입수해 그 사람이 자기와 동등하거나 자신보다 아래인 것이 확실해지고, 거기에 충분히 친해졌다고 여겨지는 단계에서 드디어 반말을 사용하는 게 통상적인 일본어 대화법이라 하겠다. 그런데 이것이 장애인을 대할 때는 '꼭 그렇지만은 않은 것'이 된다. 우리가 길을 걸을 때 가장 많이 듣는 말은 뭐니 뭐니 해도 "어디 가니?"이다.

어느 날 밤, 전철 안에서 일어난 일이다. 얼큰하게 취한 신사가 반말로 말을 걸어왔다. "나는 대학교에서 가르치고 있는데"라는 것으로 보아 아무래도 나와 동업자인 모양이었다. "뭐, 이 나이가 되니까"라면서 묻지도 않은 나이부터 이야기한다. "그런데 자네는 몇 살인가?"라기에 "뭐, 저도 벌써 ○○살이 되었습니다" 하면서 그분보다 나이가 많음을 솔직히 이야기했다. 그런데 이 선생님, 그 뒤에도 변함없이 계속 반말을 하는 것이었다.

반말이면 차라리 낫다. 때로는 이상하게 어린이 취급을 당하기도 한다. 아무리 귀여워 보여도 말이다(…엥? 누가?). 양복 입고 넥타이를 맨 환갑이 다 되어가는 남자를 붙들고 "거기 쭉 똑바로, 조금 더 오른쪽, 오른쪽. 아이고, 잘도 걷네"라고 하는 건 좀 아니지 않은가.

자매품 같은 이야기인데, 우리가 '눈이 잘 보이는 사람'과 함께 있으면 사람들은 흔히 함께 있는 눈이 잘 보이는 사람에게 말을 걸고 이야기하려 한다. 그 이야기가 우리 자신에 관한 것이더라도 굳이 '눈이 잘 보이는 사람'을 경유한다. 엄청나게 효율이 떨어지지 않는가?

글쎄, 이런 일도 있었다. 의사의 문진을 받을 때였는데, 내 옆에 있는 아내에게만 자꾸 물어보는 것이었다. "나이는?" "이러저러한 증상이 있습니까?" "여기 아파요?" 등등. 도저히 참을 수 없었던 나는 단호하게 말했다. "저에게 물어보세요!" 그러자 의사가 깜짝 놀라 깨달았던 모양이다. 이 정도 말로 눈에 씐 콩깍지가 떨어질 정도면, 눈이 보이는 부족들은 아주 재미있는 존재이다.

이러한 진풍경의 원인은 명명백백하다. '건상자' 대 장애인의 관계가 늘 주체와 객체, 해주는 쪽과 받는 쪽, 가르치는 쪽과 가르침을 받는 쪽, 배려하는 쪽과 배려받는 쪽으로 분명하게 고정되어 있어서 장애인이 동등한 사람이라는 실감이 공유되지 않기 때문이다. 우리가 세상을 살아가기 힘든 이유는 대부분 이 언저리에서 일어나지 않나 싶다. 이를 공유하고 함께 이해하지 않는 이상, 이제 겨우 시행된 장애인에 관한 새 법률도 실효성이 없어지는 건 아닐지.

그렇다면 우리 시각장애인은 개인 수준에서 어떻게 대처하면 좋을까? 이런 식으로 만나는 사람들에게 번번이 눈 흘기는 행동은 어른답지 못할 뿐 아니라 역효과를 불러일으킬 것이다. 그렇다고 순순히 따르기만 하는 것도 사회교육이라는 측면에서 볼 때 좋지 않다. 이 얼마나 골치 아픈 문제인가.

그런데 이 나이가 되자 나 역시 뻔뻔해졌다. 요즘에는 갑자기 "내가 데려다줄까?"라고 말을 걸어오는 사람이 있으면 작용-반작용의 법칙에 따라 "오오, 그러냐. 고맙구나"라고 반말로 대응한다. 불만 있어?

감동의 방정식

어느 아침, 인터넷으로 발송되는 〈마이니치신문 뉴스메일〉에서 '감동은 차별?'이라는 충격적인 제목이 보였다. 나는 깜짝 놀랐다. 지난밤 NHK 교육방송의 프로그램 〈바리바라〉*가 딱 그 시간에 민영 방송국에서 방영되던 프로그램 〈24시간 텔레비전〉**에 대해 장애인을 너무 감동적으로 만들어내는 매체의 자세라며 저격하듯 항의했다는 것이다. 나는 서둘러 〈바리바라〉 재방송을 보았다.

통쾌했다. 특히 방송 중에 나오는 모의 다큐멘터리에서

---

* 2012년부터 시작된 장애인, 성소수자 등 소수자를 주제로 하는 버라이어티 방송이자 정보 방송 프로그램 〈바리바라 모두를 위한 배리어프리·버라이어티〉를 가리킨다.
** 닛테레(日テレ: 닛폰테레비방송망)가 복지 실천과 지원의 필요성을 전하고 추진하기 위해 1978년부터 해마다 방송하는 자선 프로그램.

인터뷰어가 당사자가 말하고 싶어 하는 부분은 신경도 쓰지 않으며 이미 결정된 감동 스토리로 끌고 가는 장면이 압권이었다. "그런 이야기는 하지 마시고" "아니 당신은 몰랐을 뿐이고, 분명히" 등 방송에 나오지 않은 무대 뒤 대사를 들으며 하나하나 "그렇지, 그렇지" 고개를 끄덕이며 보았다.

　　나도 가끔 취재 요청을 받을 때가 있다. 말꼬리를 잡히지 않으려고 세심한 주의를 기울여 하나하나 말을 선택한 노력이 허무하게도, 내 말은 항상 교묘하게 잘리고 붙여져 누더기가 되고, 결과적으로 아주 멋들어진 안성맞춤 '장애인상像'이 된 내가 비친다. 이런 점을 솔직하게 이야기했다가 "그래 가지고는 기사가 안 되지 않습니까!"라고 야단맞은 적까지 있었다. "땀이 있어야 돼"라며 갑자기 분무기를 가져와 얼굴에 물을 뿌리더라는 휠체어 사용자의 이야기를 들은 적도 있다. 그런 취급을 당하는 장애인을 '감동의 포르노'라 일컬은 오스트레일리아의 코미디언이자 저널리스트 스텔라 영Stella Young의 말도 방송에 소개되었다.

　　그러나 동시에 조금 걱정도 되었다. 이 방송이나 뉴스메일의 제목만 보고 "그럼 장애인을 보고 감동하면 그것만으로도 차별한 셈이 되는 건가?"라며 괴로워하는 사람이 있을지도 모르겠다 싶어서이다. 곧 개막하는 리우데자네이루 패럴림픽을 도대체 어떤 표정으로 봐야 할지 고민하는 사람도 있을지 모른다.

물론 감동 그 자체가 나쁜 것은 아니다. 오히려 장애 유무를 떠나 서로 안심하고 감동할 수 있는 분위기가 있어야 한다. 이에 관해서는 방송에서 처음부터 강조되었다. 문제는 '불행해서 불쌍하다 × 굴하지 않고 노력한다 = 감동'이라는 '감동의 방정식'이 당연하게 성립해버리는 사회에, 이를 반성 없이 받아들이고 장애인에게 '안약' 역할을 부여하면서 결과적으로 이 경향을 굳건하게 다지는 미디어에 있다.

마라톤 선수인 아들도 항상 이렇게 말한다. "나는 운동선수로서 모든 이에게 우사인 볼트 같은 감동을 주고 싶어요. 하지만 사람들은 나를 '장애인' 운동선수로만 보려 해요. 안타깝게도 우사인 볼트와 패럴림픽 선수를 같은 선상에 두고 본다는 발상 자체가 전혀 없어요." 리우데자네이루 다음에 도쿄에서 개최되는 패럴림픽은 올림픽의 감동이 그대로 전국을 덮는 대회가 되길 바란다.

그렇기 때문에 걱정은 조금 남아 있지만 나는 이 방송을 높이 평가하고 싶다. 물론 "솔직하지 않다" "장애인 의식" 또는 "망측하다" 같은 비판도 적지 않을 것이다. 또한 내부에서 "반대로 우리 이미지에 흠을 내는 것 아닌가" "우리가 각광받고 관심받을 수 있는 절호의 기회 아닌가" "감사하는 마음이 부족하다" 같은 목소리도 나올 수 있다. 그러나 우리 선배들도 그렇게 비판받으면서 과감하게 도전을 이어왔다. 그 결과로 오늘날 우리가 있다는 사실을 결코 잊어서는 안 될 것이다. 이를 기회로 많은 논의가 생겨나기를 기대한다.

방송 중에 나온 말 가운데 기억에 남는 것이 있다. "어째서 우리는 제작진 쪽에 있지 않을까?" 정말 깊이 동감한다. 유엔 〈장애인 권리협약〉의 모토는 "우리를 빼고서 우리에 관해 결정하지 말라Nothing about us without us"이다. 사회교육적 측면에서 강력한 힘을 지닌 방송 매체야말로 이 모토를 가장 먼저 실천해야 하지 않을까?

장애인 없는 세상?

1964년에 열린 도쿄 올림픽·패럴림픽 이래로 제목은 여러 번 바뀌었지만 반세기 넘도록 시각장애인을 위해 방송되어온 NHK 라디오 제2방송의 장수 프로그램이 있다. 이 프로그램의 최대 공로자이자 처음부터 오랫동안 연출을 맡아온 분은 기회만 있으면 이런 지론을 펼친다. "이 프로그램을 만들면서 항상 바라온 것은 청취자, 즉 시각장애인이 이 세상에 한 사람도 남지 않게 되는 것입니다."

이는 결코 우생사상에서 나온 발언이 아니리라. 수많은 유명·무명의 시각장애인들을 취재해온 이 연출자는 장애인들에게 강요되는 부조리와 불편을 접할 때마다 너무나 가슴 아프게 여겼으리라. 그래서 이런 생각을 품게 되지 않았을까. "만약 의학이 좀 더 진보해서 그들의 장애를 완전히 치료

할 수 있게 된다면···. 아니, 증상이 나타나기 전에 예방할 수 있다면···. 이렇게 넘치는 재능을 지닌 그들이 신체장애에 굴하지 않고 원하는 대로 재능을 발휘할 수 있다면···." 나는 이 말이 그의 착한 심성에서 나온 것임을 믿는다.

그런데 우리는 스스로 신체장애를 무엇이라 여기면 좋을까? 어떤 사람은 장애를 '개성'이라고, 또 어떤 사람은 '은총'이라고도 한다. 어떤 사람은 "자유는 아니지만 그렇다고 불행도 아니다"라고 노래한다. "뭐라고 한들 불행은 불행이잖아"라고 반론을 펴는 사람도 있다. '본디 지닌 맛持ち味*'이라는 아주 멋들어진 말을 쓰는 사람도 있다.

그러나 뭐라 일컫든, 장애를 지닌 이상 우리에게 장애는 '정상 상태'이다. 그렇다면 받아들여야 한다. 더 나아가 이를 마음대로 조종해 상상할 수 있는 한 가장 좋은 인격을 완성하며, 이를 가장 좋은 삶의 방식을 만드는 데 이용하고 활용하지 않으면 손해이다. 실제로 동서고금의 많은 위인들이 장애를 얻지 않았다면 생각지도 못했을 잠재된 재능을 이런 방식으로

* '독특한 맛', '특색', '본령'으로도 해석할 수 있다.

꽃피웠다. 그들의 명성은 장애인이 아니었다면 얻을 수 없었을 것이며, 사회 공헌도 장애인이 아니었다면 이뤄낼 수 없었을 것이다. 그렇다면 도대체 왜 '장애'를 병균처럼 여기고 그저 박멸하면 된다고 생각하는 걸까?

또 아무리 의학이 진보한다고 한들 이 세상의 장애인이 남김없이 사라질 수 있을까? 우리 개인에게 장애가 정상이듯이 사회에도 장애인의 존재가 '정상'이 아닐까 생각한다. 그렇다면 장애인이 존재하고, 그래서 더욱 행복할 수 있는 사회, 더 나아가 '장애인이 있기에 사회 전체가 한층 더 행복해지는 사회'가 본래의 바람직한 모습이라고 생각할 수는 없을까?

"장애인을 쫓아내는 사회는 약하며 무너지기 쉽다"라고 한 유엔의 말은 정확하다. 따라서 장애인과 관련된 매체의 역할은 장애인에게 부조리를 강요하는 사회가 얼마나 이상한지, 또 그러한 사회는 결국 '건상자'에게도 부조리를 강요하리라는 것을 모든 이들에게 알리는 것 아닐까.

"장애인이 한 명도 없는 세상." 이런 말에서 느껴지는 것은 파라다이스 같은 이상향의 이미지가 아니다. 오히려 기분 나쁜 고스트타운 같은 이미지만 떠오른다.

발목 잡기의 논리

대학 시절, 내가 소속된 점자 동아리에서는 매년 축제 때마다 점자 강습회와 맹인 용구 전시회 그리고 함께 눈을 가린 채 걸어보는 체험 이벤트를 기획했다. 어느 날 이 행사장에 대학원에서 도시환경을 전공한다는 사람이 불쑥 나타나더니 나를 향해 위세 좋게 떠들어댔다.

"현대 도시라는 것은 말이야, 아주 제한적인 공간을 많은 사람들이 공유하지 않으면 안 된단 말이지. 그러니 당연히 최우선적으로 해결할 과제는 최대한 많은 사람들이 최대한 쾌적한 생활을 누릴 수 있게 효율 좋은 도시환경을 만드는 거야. 그런데 비율로 보면 전체의 영 점 몇 퍼센트밖에 안 되는 너희가 항상 이렇게 해라, 저렇게 해라 불평불만을 늘어놓으면서 계획을 방해해. 도대체 너희에게 그럴 권리가 어디 있냐고?!"

얼마나 솔직한가! 이렇게까지 이야기해주니 오히려 가슴이 후련해질 정도이다. 하지만 우선 우리 장애인이 요구하는 것은 안타깝게도 '쾌적한 생활' 이전의 '기본적인 환경'이라고 그에게 설명했다. 그 후 눈을 가린 채 보행하는 체험을 하게 했다. 그가 도시계획자로서 한결같이 다수의 쾌적한 도시 건설을 위해 활약하는지 아니면 마음이 바뀌어 '약하고 무너지기 쉬운' 사회가 되지 않게끔 지역사회 만들기에 매진하는지는 물론 알 길이 없다.

말의 품격은 제쳐두더라도, 그가 말한 '최대다수의 최대 행복'이라는 사고방식이 현대 사회의 기본이 된 것은 틀림없다. 이 정신의 본령은 모두가 모두의 의견을 취합해서 그리고 모두가 조금씩 양보하고 참으면서, 모두가 만족할 수 있는 행복의 토대를 모두 함께 만들어나가자는 데 있다고 나는 믿고 싶다.

그러나 슬프게도 현실은 내 믿음을 자주 저버린다. 개인과 그 개인이 속한 집단의 목소리 크기와 수, 또 효율성 같은 것만 중요하게 여겨진다. 목소리가 작은 사람과 시간을 들여 해결해야 할 일은 그저 발목 잡기로 간주되고 배제된다. '그렇

다고는 하지만'이라는 말 한마디로 정리돼버리는 것이다. 《시끄러운 일본의 나: '소리에 절여진 사회'와의 끝없는 싸움うるさい日本の私 : 「音漬け社会」との果てしなき戦い》의 저자인 철학자 나카지마 요시미치中島義道도 몇 번이나 이렇게 주장했다. "역이나 차량의 안내 방송은 시끄럽다. 하나하나 말하지 않아도 보면 알지 않는가. 엥? 안 보이는 사람이 있다고? 그 사람들이 인구의 몇 퍼센트나 된다는 거야? 그렇게 적은 사람들을 위해 많은 사람들의 조용한 독서 시간을 침해해도 되는 거야?"

NHK 교육방송에서 나치 정권하의 장애인에 관한 프로그램을 방영했다. 일본장애인협회JD 대표 후지이 가쓰노리藤井克德의 설명을 통해 장애인 대량학살이 홀로코스트를 준비하기 위한 실험이었다는 사실을 알게 되었다. 그중에서도 특히 내 등줄기를 오싹하게 한 것이 있는데, 바로 당시 민중을 향해 큰 소리로 부르짖은 연설이었다. "우리가, 위대한 국가가, 이 유사시에 아무런 역할도 하지 못하는 한 줌밖에 안 되는 이들을 위해 거액의 비용을 투자할 필요가 어디에 있는가!"

그러나 이 철학도 제법 진화했다고 한다. 지금은 사회적으로 수적으로나 효율에서 열세인 사람들의 존재도 인정받고 소수자에게도 사회적 이윤이 돌아갈 수 있게 궁리한 덕분에, 최대다수의 쾌적한 생활을 담보하는 동시에 소수자 배려도 보증할 수 있게 되었다는 것이다. 하지만 이 또한 앞서 나온 대학원생의 발언과 크게 달라지지 않은 듯한 느낌이다. 이것도 결국엔 "소수자는 (우리가) 알아서 '배려'해줄 테니 (너희 소수자는) 효율성에 방해되지 않게 제 분수를 알고 거기서 가만히 입 다물고 있어"라고 말하는 듯하다.

　　그 뒤로 40년이 넘게 흘렀다. 그동안 많은 일이 있었다. 유엔의 '장애인의 해' 지정과 뒤이은 장애인의 10년 그리고 지금 바로 〈장애인 권리협약〉이 일본에서 시행을 앞두고 있다. 본래 장애인의, 아니 모든 사람의 참된 평등은 수와 효율의 잣대 위에서는 실현 불가능하다. 우리 사회는 이를 겨우 깨닫기 시작했는지도 모르겠다. 따라서 우리는 이 조약의 핵심이라고 할 수 있는 '합리적 배려'의 논거를, 예전의 '합리적 배제' 논리를 완전히 논파할 수 있을 때까지 갈고닦지 않으면 안 된다. 그 대학원생의 논리에 휩쓸리지 않기 위해서라도.

장애인을 내쫓는 공기

이번 봄방학에 나는 연출가이자 작가인 고카미 쇼지鴻上尚史의
《'공기'와 '세간'「空気」と「世間」》이라는 책을 읽었다.

저자는 역사학자 아베 긴야阿部謹也의 말을 인용해, '세간
世間'을 "자신과 이해관계가 있는 사람들과, 앞으로 이해관계가
있으리라 예상되는 사람들 전체에 대한 총칭"으로 정의했다.
이는 이웃과의 관계나 취미 모임, 또 여러 인맥부터 나라 전체
에 이를 정도로 형태가 다양하지만 기본적으로는 모두 균일(균
질)하고, 그렇지 않은 것에 대해서는 배타적 성질을 띤다. 그중
에는 '체면', '남들의 눈'처럼 모두가 공유하는(또는 그렇다고 생각
되는) '보통'의 '당연'한 기준이 있어 전체로서의 질서를 유지한
다. 더 나아가 '세간 님世間様'이라는 말도 있듯이 일본에서 세
간은 마치 신이라도 된 것처럼 사람들을 심판하고, 또 지켜준

다고 한다.

　메이지시대 들어 쇄국정책이 풀리자, 일본은 서둘러 서양의 여러 선진국에서 '사회'를 유입해 낡은 '세간'을 갈아치우려 했다. '사회'는 커뮤니케이션에 열려 있지만 '세간'은 이를 싫어한다. '사회'는 각 개인이 서로 협력해 만들어내지만 '세간'은 개인을 그 안에 매몰한다. 정부의 의도와 반대되는 것이지만 백성들은 무슨 일이 있어도 그들을 편안하게 품어주는 '세간'을 내려놓을 수가 없었다. 당연하게도 '사회'는 내세우는 원칙이 되고 '세간'은 숨겨둔 본심으로 남았다.

　종전 후, 특히 1980년대 이후 생활양식이 급격히 변화하면서 '세간'은 아주 많이 붕괴되었다. 그때까지 당연했던 사람들 간 '의리'도 지금은 '개인적인 용무 때문에' 그리고 단순히 '싫으니까'라는 이유로 아무렇지 않게 거절당한다. 하지만 우리는 역시 안심하고 제 몸을 맡길 수 있는 무언가가 필요하다. 고카미에 따르면, 받들어 모시던 '세간'을 대체할 신이 바로 '공기(분위기)'이다. 과연 지금 유행하는 말 "공기(분위기) 파악 좀 해"는 필경 "신의 뜻을 따르라"라고 말하는 것과 크게 다르지 않은 듯 보인다.

책을 읽으면서 우리 장애인은 이 세상, '세간'에서 어떤 취급을 받아왔을까 생각했다. 답은 간단하다. 동질하지 않으면 참을 수 없는 '세간'에서, 무엇을 하든 '당연'하지도 '보통'으로 도 보이지 않는 우리는 당연히 울타리로 둘러싸였고, 보기에 좋지 않다는 이유로 '남들 눈'을 피해 숨겨졌다. 그리고 '차별'이라는 말조차 불필요할 만큼 자연스럽게 차별받았다. 아니, 오히려 이 '차별'에 의해 보호받았다고 말하는 편이 옳을지도 모르겠다. '세간'은 이 나라의 숨겨진 본심으로 꾸준히 살아남았다는 것이다.

이제 '세간'은 '분위기'에 그 권력을 위임하려 한다. '세간 님'에 견주면 '공기 님'은 훨씬 성미가 급하시다. 갑작스레 화를 내 순식간에 분위기를 만들어내고, 인터넷에서 급속도로 확산시킨다. 우리는 손쓸 틈도 없이 휘말릴 뿐이다. 아무 생각 없이 그저 조용히 따르기만 한다면 '세간 님'처럼 안전하게 보호해주는 것이 없다.

문제는 이 '공기'에서 우리 장애인이 존재하는 방식이다. 그런데 이 또한 물을 필요조차 없을 것이다. 감동과 혐오 사이를 롤러코스터 타듯 정신없이 왔다 갔다 하는 요즘 상황은, 우리에 대한 처우가 이 두 신 사이에서 그저 '전달사항'으로만 전달되고 있음을 무엇보다 웅장하게 이야기해준다.

지금 '사회 모델'이라는 말이 각광받고 있다. 장애를 개인적인 심신 기능의 결손 또는 이상으로 다루는 의학 모델과 달리, 장애를 이유로 불이익을 강요받으며 힘들게 살아가야 하는 것이 장애인을 고려하지 않는 사회의 책임이라 보는 사고방식이다. 그러나 고카미에 따르면 일본은 '사회'가 아직 성숙하지 않았다고 한다. 그렇다면 우리가 당면한 과제는 본심의 영역, 즉 '세간'에서 우리가 있을 곳을 제대로 확보하기 위한 '세간 모델'을 구축하는 일이 아닐까? 그럼으로써 장애인이 존재하는 세상이 평범한 세상의 존재방식이라는 '공기'를 키워가는 것 아닐까?

"장애인을 내쫓는 사회는 약하고 무너지기 쉽다"라고 유엔은 말한다. 이 말에 이어서 이렇게 말하고 싶다. "장애인을 내쫓는 세간은 다른 모든 사람도 살아가기 힘든 사회이다." "장애인을 내쫓는 공기는 모든 사람을 항상 질식의 불안에 떨게 한다."

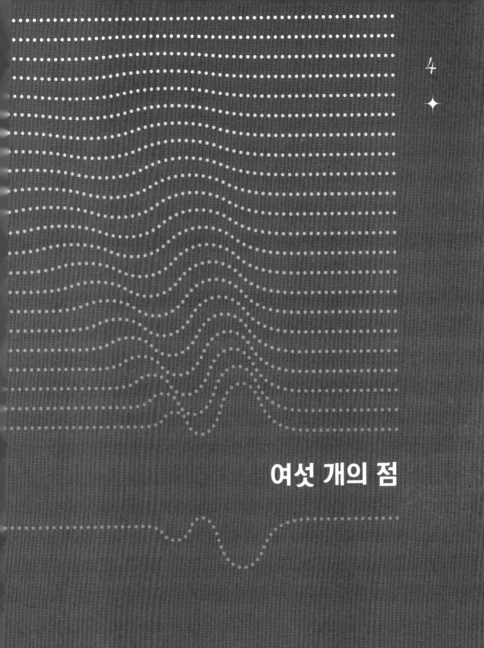

4

여섯 개의 점

루이 브라유가 점자를 발명했을 때
아무도 '문자'로 인정하지 않았다. 일반적으로 사용되던
눈으로 읽는 문자(이를 '묵자'라 한다)와 너무나도
다른 모양 때문이었다고 한다. 그러나 점자는
점 여섯 개를 조합해 묵자의 기능을 충분히 발휘한다.
형식이냐 기능이냐, 외관이냐 내실이냐는
항상 고민하게 되는 문제이다.

점자와 수화

어느 고명한 수화언어학자는 기회가 있을 때마다 이렇게 역설했다. "수화와 점자를 세트처럼 취급하는 것은 옳지 않다."

엥? 한순간 허를 찔린 느낌이었다. 우리는 수화와 점자를 마치 매화와 휘파람새°처럼 쌍으로 생각하는 데 무척이나 익숙하기 때문이다. 강연회 같은 곳에 가면 흔히 "점자 자료와 수화 통역이 준비되어 있습니다"라고 안내받는다. 대학에서도 점자와 수화는 종종 세트가 되어 커리큘럼에 들어가 있다. 그런데 그게 어째서?

그 학자는 이렇게 말했다. "수화란 각각 고유한 문법을 갖춘 말하기 체계이다. 이에 견주어 점자는 쓰기 체계, 즉 문자

● 매화나무에 앉은 휘파람새 그림이 많듯 서로 잘 어울리는 것을 비유할 때 쓴다.

이다. 그러니 이 둘을 하나의 카테고리에 넣어두기란 불가능하다."

듣고 보니 정말로 그렇다. 한 쌍으로 붙여서 생각할 수 없는 둘을 무리하게 하나의 상자에 가두려 했기 때문에 수화와 점자는 언어가 아니라 복지·서비스 항목에 가둬졌다. 언어학자가 느낀 위화감의 핵심은 바로 여기에 있었으리라.

점자가 문자라는 견해는 일본의 공식 견해일까? 1825년에 약관 16세의 프랑스 소년 루이 브라유가 창안한 점자가 일본에 소개되었고, 도쿄맹아학교(현 쓰쿠바대학부속 시각특별지원학교) 교사 이시카와 구라지가 일본어 표기에 적합하게 번안한 것이 1890년이다. 그 뒤로 약 10년이 지난 1901년에 일본어 점자 용례가 관보에 실렸다는 기록이 있는 모양이다. 그런데 일본 정부에서 점자를 '공적으로 사용하는 문자国字'로 인정했는지는 의문이란다. 이 관보 자체가 그 무렵 일본의 수뇌부에게 얼마나 인지되었겠느냐는 것이다. 실제로 8년 뒤인 1909년에 점자를 일본 문자로 공인해달라는 요청이 담긴 청원서가 "점자를 문자, 또는 일반적인 일본어로 인정할 이유가 없다"라는 당시 법제국 장관의 한마디에 휴지 조각이 되었기 때문이다.

이렇게 수업에서 열변을 토했더니 학생의 쿨한 질문이 나왔다. "선생님은 어째서 그렇게까지 기를 쓰고 점자를 문자로 만들려고 합니까?" 응? 학생에게서 다시 허를 찌르는 질문이 나왔다. "점자는 눈이 보이지 않는 사람들이 문자 대신에 만든 부호라고 해도 상관없잖아요. 이용자들 사이에서는 제대로 통하고 있고, 문자를 점자로 변환하는 것도 소프트웨어가 있으면 간단히 할 수 있게 됐고요. 그렇다면 점자를 굳이 힘들게 일본의 문자로 지정하는 것에 무슨 장점이 있습니까?" 아아, 그 법제국 장관이 아직도 살아 있을 줄이야!

"그렇다면." 일단 반론하지 않으면 안 되는 상황이었다. "예컨대 누가 당신들이 사용하는 한자는 그림 같은 것이니 문자가 아니라고 멋대로 결정해버리면 어떨 것 같습니까?" 결국 정념과 존엄에 호소하는 수밖에 없었던 것이 너무나 분했다. 하지만 문자란 그런 것이다. 정말로 "글자는 사람"*이다.

프랑스에서는 브라유 사후 10년이 채 안 되어 점자를 공적으로 사용하는 문자로 인정하는 결정이 내려졌다. 오늘날

• 문자는 쓴 사람이 어떤 사람인지를 알려준다는 의미의 일본 속담.

일본에서는 장애인에 관한 여러 법제도가 점검될 뿐 아니라, 일본어 수화를 정식 언어로 인정하려는 수화언어조례가 전국 각지에서 시행되고 있다.

그렇다면 우리 점자는 어떠한가. 안타깝게도 점자를 '합리적 배려'로 여기는 곳에서는 점자에 의한 정보 보장 서비스만 할 뿐, "점자는 일본이라는 나라에서 사용하는 공식적인 문자 가운데 하나이므로 각 문자 정보는 당연히 점자에 의해서도 입수되고 발신되어야 한다"는 해석까진 이루어지지 않는 모양이다. 그렇다면 수화의 예를 본받아 우리도 '점자문자조례'를 요청하는 게 합리적이지 않을까? 어떡하든 "점자는 일본에서 공적으로 사용되는 문자"라는 쐐기를 어디에든 제대로 박아두지 않으면 안 된다. 그리고 지금이 바로 호기가 아닐까 생각한다.

어떤 사람들은 이렇게 말한다. "시대가 발전하는 지금, 점자는 이제 그 역할을 다한 것이 아닌가"라고. 그러나 나는 굳게 믿는다. 점자가 그 역할을 다하는 때는 이 세상 모든 문자가 전부 그 역할을 마치는 때라고.

그렇다면 그런 거야

"점자에도 영어, ○○어 이런 게 따로 있어요? 점자는 세계 공통인 줄 알았는데?" 그럴 리가! 영어 점자, 특히 그 '꽃'이라고도 할 만한 축약 방식을 이야기하려는 것은 아니다. 전 세계에서 가장 눈에 띄는, 영어라는 독특한 특징의 언어에 대비하여 오늘날 일본 점자의 존재방식을 생각해보려 한다.

영어는 본래 유럽의 한구석, 거기서도 저쪽으로 멀리 떨어진 섬에서 얼마 안 되는 사람들이 사용하던 언어였다. 게다가 한때는 대륙에서 온 정복자에 의해 거의 쫓겨날 위기에 내몰린 적도 있었다. 그런 소수자의 언어가 갑자기 이렇게 떠오른 것은 16세기 말 영국이 스페인의 무적함대를 물리치고 바다의 패권을 장악한 즈음부터라 하겠다. "세상에 퍼져나가는 우리 영토 위에는 언제든 어딘가에는 태양이 빛나고 있다"라고 호언한 대영제국의 언어로서 영어는 일약 판도를 넓혔다. 그리고 미합중국의 대활약에 따라 지금은 '글로벌 스탠더드'라 해도 거리낌 없는 지위까지 올라갔다.

영어는 이렇게 세계 공용어가 되었다. 그렇다면 좋은 발음이나 올바른 문법 같은 번거로운 일은 적당히 무시하고, 누구든 바로 알 수 있는 간단한 규칙과 기본 낱말만 알아도 괜찮지 않느냐는 목소리가 생기는 것도 무리는 아니다. 그렇지만 비영어 화자의 처지에서 영어를 배우는 사람이자 영어 교사인 나는 이러한 풍조에 위화감을 느낀다. 다른 사람의 집에 흙발로 올라가는 느낌이 들기 때문이다.

학생 시절에 영어학 개론 수업에서 선생님이 이런 질문을 던지신 적이 있다. "영어에서는 왜 'he'를 '헤'라고 하지 않고 '히'라고 할까?" 아무도 대답하지 못하자, 선생님은 빙긋 웃으며 말씀하셨다. "할아버지가 그렇게 말해서 그래." 말이란 그런 것이다. 그렇기 때문에 그렇다라고밖에 할 수 없는 측면이 반드시 있다. 그렇기 때문에 풍미도 있는 것이다.

이는 우리가 쓰는 점자에도 마찬가지로 적용된다. 점자를 가르치다 보면 이런 이야기를 자주 듣는다. "어째서 그런 식으로 쓰는 거예요?" "왜 거기에서 한 칸 띄고 여기서는 띄지 않는 거예요?" 몰라. "그렇다면 그런 거야"라는 말을 꿀꺽 삼키고 잔재주를 부려 설명하고는 그 상황을 넘긴달까. 정말 한심한 순간이었다.

실제 원어민 사용자보다 학습자 수가 압도적으로 많다는 것. 이 사실이 영어와 현재 일본어 점자의 공통점이다. 자연스러운 흐름, '네이티브 감각'보다는 간단한 논리가 요청된다는 점에서도 그러하리라. 이는 필연적인 결과일 것이다. 하지만 본래의 점자 사용자 처지에서는 새로 점자를 배우는 사람들이 점자의 비합리성을 불편한 것이 아니라 풍미로 즐겨주었으면 하는 바람이다.

일본어 점자가 영어에서 배울 것이 하나 더 있다. 한 언어가 판도를 넓히기 위해서는 그 언어 나름의 장점이 제공되어야 한다는 점이다. 그러니까 원원win-win 관계가 성립되어야만 한다. 영어는 수많은 훌륭한 작가들에 의해 내부부터 아름답게 다듬어졌고, 경제를 비롯한 다양한 힘이 그것을 세계로 운반했다. 딱 히라가나의 발명이 일본 문학을 한층 풍요롭게 한 것처럼 우리 점자도 그 고유한 발상이 오늘날 일본어 표기법의 새로운 지평을 열 가능성은 없을까? 겨우 여섯 개의 점으로 전 세계 언어는 물론 수식과 악보까지 표현해낼 수 있는 이 궁극의 간단함이 현대 정보사회를 이끄는 획기적인 아이디어를 배출할 수는 없을까? 분명 있을 것이다. 발상의 참신성 측면에서는 점자를 창조한 루이 브라유가 세계 제일의 대천재였으니까.

점자가 존망의 위기에 놓였다는 말이 오래전부터 있었다. 우리는 방어 자세로 바짝 긴장하기 십상이다. 그러나 이럴 때일수록 "점자가 세상을 바꾼다"라고 할 정도의 기개와, 브라유에게 물려받은 진취적인 기상이 필요하다. 지금이야말로 오라, 점자의 셰익스피어여! 오라, 점자의 스티브 잡스여!

웰컴 투 점자 유니버스

동일본대지진이 일어난 지 2주밖에 지나지 않은 2011년 3월 26일, 나는 오사카교육대학의 교수 야마모토 도시카즈山本利和와 함께 나리타 공항을 떠나 파리로 향했다. "하필 그런 때에?" 뭐라 대답하면 좋을까? 예전부터 계획해둔 일이었다. 켕기는 마음이 들지 않은 건 아니었지만, 우리는 비행기에 올랐다. 2년 전인 2009년에 탄생 200주년을 맞이한 점자 창안자 루이 브라유의 발자취를 따라가보기 위해서였다.

프랑스어는 아주 옛날 제2외국어로 배운 정도였던 둘의 프랑스 여행이었다. 여러 신기한 일이 일어난 여행길이었지만, 국립민족학박물관의 히로세 고지로広瀬浩二郎를 비롯한 많은 사람의 도움 덕분에 우리는 브라유와 인연이 있는 장소 대부분을 들러볼 수 있었다. 감사하다.

파리의 발랑탱 아위Valentin Haüy* 박물관에 들른 뒤 거기에서 꽤 가까운, 루이 브라유가 공부하고 가르친 국립맹학교 INJA에도 갔다. 〈점자 마이니치〉의 특집기사와 국립민족학박물관 전시회 등에서 얻은 지식 덕분에 깊은 감명을 받을 수 있었다. 하지만 가장 큰 감동을 맛본 것은 역시 파리에서 동북쪽으로 40킬로미터 떨어진 쿠브레Coupvray의 루이 브라유 생가에 들렀을 때였다.

한적한, 아니 좀 적적하다는 말이 어울리는 그 마을에 들른 것은 구름이 가득 낀 약간 추운 날 오후였다. 목소리가 멋진 여성 아만딘이 정중한 영어로 집을 구석구석 안내해주었다. 우물, 빵 굽는 오븐, 치즈를 만들던 나무통…. 19세기 초엽 비교적 유복한 프랑스 가정의 모습이 몸으로 느껴졌다. 낙천적인 성격의 마구馬具 장인이었던 아버지는 아들이 아들 자신의 눈을 멀게 한 예리한 송곳을 사용해 일을 돕도록 허락했다고 한다.** 그리고 직업상 많이 갖고 있던 압정을 나무판에 두

• 문자 자체를 돌출시켜 만든 돋음 문자의 창안자이자 파리맹학교 설립자.
•• 루이 브라유는 세 살 때 아버지의 작업장에서 송곳을 가지고 놀다가 송곳이 미끄러지면서 왼쪽 눈이 멀었고, 네 살 때는 감염으로 오른쪽 눈의 시력마저 완전히 잃었다.

들겨 박아 알파벳의 형태를 가르쳤다. 나는 그 나무판을 만지면서, 어쩌면 여기에 점으로 문자를 표현해보려는 발상의 싹이 있었던 게 아닐까 생각했다. "아니, 이렇게 아름다운 프랑스어라니!" 내가 근처에 있는 점자를 다 만져보며 이렇게 말하자, 아만딘이 "오, 메르시(고마워요)"라고 칭찬해주었다(사실 무슨 뜻인지는 전혀 이해하지 못했지만…).

맹학교 교사가 된 루이 브라유가 집으로 돌아왔을 때 서재로 사용하던 방에는 그가 죽기 1년 전인 1851년 생일에 친구한테 받았다는 금속 컵이 있었다. 측면에 돌출된 점자는 '루이'라고 읽혔다. 이 얼마나 멋진 일인가! 친구가 선물을 주면서 이름을 점자로 새겨준 것이다. 그것도 일본어로 말이다!

잠깐만, 왜 일본어로? 게다가 본시 일본어 점자가 성립된 것은 1890년이다. 변안자인 이시카와 구라지 선생이 태어난 때도 1859년이다. 그런데 왜 1851년에 그런 일이 일어날 수 있었던 거지?

그러니까 이런 사연이다. 1851년에 루이 브라유는 42세가 되었다. '42'는 일본어 점자로 '루이ルイ'라고 읽힌다. 이 친구는 루이 브라유의 나이를 컵에 새겨서 보낸 것이다. 거참, 졌

습니다, 루이 선생! 당신은 정말 꽤 유머러스한 사람이군요?
그저 우연의 일치 아니냐고? 그야 그렇죠.

앞서 쓴 것처럼 애초에 점자란 "최소한의 소재로 최대
한"을 최대치로 끌어낸 것이다. 겨우 점 여섯 개를 여러 언어
와 기호에 돌려가며 쓴다. 아니, 그게 가능한 곳이 점자의 유니
버스(우주)이다. 로마자를 암기한 지 얼마 안 되었을 무렵, 나는
'ike'를 '방귀'라고 읽으며 재미있어했다. 영어 스펠링을 일본어
문자로 바꾸기도 했다. 이를테면 'ball'을 '이아니니ィアニニ'로 암
기해 선생님에게 꾸중을 듣기도 했다.

이런 추억은 점자 사용자라면 누구나 있을 것이다. 처음
만들어질 때부터 이렇게 언어유희가 가능하도록 점자 유전자
에 각인되어 있던 덕분이다. 그렇다면 루이가 날린 유머가 시
공을 넘어 160년 뒤 일본에서 온 우리에게 작렬했다는 생각을
그저 몽상이라고만 할 수는 없지 않을까. 루이 선생, 준비를 아
주 철저히 해두셨군요.

너무 자연스러운 무지

올해(2022년)부터 딱 100년 전인 1922년 5월, 우리 〈점자 마이니치〉가 창간되었다. 전쟁 중에도 한 번을 휴간하지 않고 이렇게 오랜 기간 꾸준히 발간해온 신문은, 문자 형태를 불문하고 세계에서도 아마 예를 찾아보기 힘들 것이다. 이 신문을 지원해온 선배들 그리고 현재 신문과 관련된 모든 이들에게 깊은 감사 인사를 전하는 바이다.

이것이 마중물이 됐는지 모르겠지만 3년 뒤인 1925년, 똑같이 5월에 공포된 개정중의원 의원선거법에서 점자를 투표 기재상 문자로 간주한다고 명기했다. 점자투표가 세계 최초로 법적 인정을 받은 순간이었다. 일본은 당당한 점자 선진국인 것이다.

그런 것치고 내 점자투표 인생은 아주 비참하게 시작되

었다. 만 스무 살을 맞이해 내 인생 최초의 선거날이 왔다. 나는 그때 살고 있던 마을 투표소로 씩씩하게 향했다. 아주 당연히 점자투표를 부탁하자 나에게 돌아온 담당자의 반응은 너무나 분명했다. 몹시 곤란해하고 있었던 것이다. "아니, 지금까지는 당신 같은 분이 오신 적이 없기 때문에 그런 준비가 되어 있지 않아요." "네? 그럼 이제 어떡하면…?" "그러게요, 그럼 투표하고 싶은 사람의 이름을 제게 말씀해주세요. 제가 대필할 테니까요." 겨우 얻은 참정권을 수포로 돌리고 싶진 않았기에 굴욕감에 괴로워하면서도 지시를 따랐다.

이듬해 선거 때는 과연 투표소에 점자기가 준비되어 있었다. 나는 문득 궁금해져서 물어보았다. "개표는 어떤 방식으로 하세요?" "아, 그건 말이죠." 담당자는 자신감에 넘쳐 이렇게 대답해주었다. "여기에 점자로 찍은 후보자 명부가 있어요. 그것과 투표용지의 점자를 맞춰보는 거죠." 어, 이거 괜찮은 건가?! 나는 불안해졌다.

그 뒤로 몇 번이나 투표소로 발을 옮겼을까. 다행히 그 이후에 점자투표가 준비되지 않은 적은 한 번도 없었다. 투표소의 대응도 매우 자연스럽고 친절했다. 그렇지만 아무래도 신경 쓰이는 점이 있다. 바로 점자를 대하는 담당자들의 인식이다. 최근 선거에서 있었던 일이다. 물론 나는 권리를 행사했다. 그때 내 옆에서 이런 대화가 오가고 있었다. "엥? 이거 뒷면인데 괜찮아?" "아, 정말 그러네. 그런데 매뉴얼에도 그쪽을 앞으로 세팅하라고 써 있는데?" "왜?"

더는 두고 볼 수 없어서 점자의 가나다라를 설명해주었다. 점자를 쓸 때는 점필이라는 뾰족한 도구를 이용해 오른쪽에서 왼쪽으로 구멍을 뚫으면서 쓰고, 읽을 때는 뒤집어서 점이 나 있는 쪽을 왼쪽에서 오른쪽으로 더듬어 읽는다고. 그러자 그들도 다행이라는 듯이 이렇게 말했다. "아, 그런 거였어요? 아니, 점자라는 걸 하나도 모르니까 말이에요." 무심코 나는 그때와 조금도 다르지 않은 질문을 반복했다. "개표는 어떤 방식으로 하세요?" "아, 그건 여기 점자 일람표를 받아놓은 게 있거든요. 그걸 여기 펼쳐놓고 참조하면서 해독해요." 잠깐만, 이거 괜찮은가? 그때와 전혀 달라지지 않은 불안이 마음속을 스쳐 지나갔다.

2022년에 우리는 〈점자 마이니치〉 창간 100주년을 축하했다. 그리고 3년 뒤인 2025년은 일본이 자랑할 만한 점자투표 역사 100주년이 되는 해이다. 법률에는 공포한 해부터 점자를 다른 문자와 동등한 유효한 문자로 간주한다는 취지가 분명히 각인되어 있다. 그러나 이 문언은 아직 육체를 갖추지 못했다. 제도에 깃들지 못한 것이다. 이것이 일본의 현실이다.

그뿐 아니다. 때로는 점자투표지가 담긴 투표함이 잊힌 채 개표되지 않기도 한다. 또 담당자들의 실수로 표가 다른 투표함에 들어가 어쩔 수 없이 무효표가 될 때도 있다. 개표 작업에서 점자는 문자로 읽히지 않고 암호처럼 해독한다. 그리고 점자투표 담당자인데도 점자에 관해 아무것도 모르는 자신을 부끄럽게 생각하지 않고, 점자투표를 할 사람이 온 뒤에야 서두른다. 곧 점자투표 시행 100주년이 된다. 이제 그런 한심한 일은 그만둬야 하지 않겠나!

인간으로 간주되기

교토부립맹학교 비상근 교사이자 일본맹교육사연구회 사무국장인 기시 히로미岸博実 선생이 〈점자 마이니치〉에 싣는 명칼럼 〈역사의 촉감을 한층 더!〉를 매회 즐겁게 읽고 있다. 맹학교를 비롯해 맹계盲界* 관련 역사를 점자와 묵자 양쪽의 오래된 자료로 치밀하게 독해해 현재를 관통하는 문제점을 선명하게 끌어내는 선생의 문장은, 당시 선배님들의 기개와 숨결이 문자 그대로 피부에 와닿아 스릴마저 느껴질 정도이다.

그 가운데 내가 썼던 개정중의원의원선거법에 관한 기사가 있었다. 이를 읽고 나는 무릎을 탁 쳤다. 역시 그랬구나!

• 시각장애인이 그들의 사회, 즉 '맹인의 세계'를 지칭할 때 쓰는 말이다. 저자는 스스로를 '맹인'이라 일컫거나 시각장애인의 세계(사회)에서 서로를 '맹인'이라 부르는 데 거침이 없는 듯하다.

공직선거법에는 점자를 "문자로 간주한다"고 적혀 있지, "문자이다"가 아니었다. 내 인생 최초의 선거권 행사가 이렇게 비참해진 것도, 그 뒤로 기회가 있을 때마다 느꼈던 위화감도 이제는 이해가 되었다. '○○로 간주하다'와 '○○이다'라는, 주의 깊게 읽지 않으면 자칫 지나쳐버리는 작은 표현 차이가 나중에 큰 결과의 차이를 불러올 수 있다는 것을 이번에 깨달았다.

서둘러 사전에서 단어를 찾아보았다. '간주하다'는 "실제로 어떠한지와는 상관없이 그런 것으로 취급하다"라고 나온다. 또 법률용어로서는 "성질이 다른 사물에 관해 법률상 이를 동일시하다"라고 되어 있는데, "법인으로 간주" "배당으로 간주" 등을 그 예로 든다(고지엔広辞苑 제5판 전자책판). 뭐야, 그렇다면 법률에서는 진작부터 "점자는 사실 문자와 다르다"라고 말하고 있었던 게 아닌가. 잘못 봤잖아, 진짜!

그러고 보니 떠오르는 일이 있다. 내가 어느 대학에서 맡았던 점자 수업은 그때 인권 계열 과목으로 분류되어 있었는데, 이 수업을 언어·커뮤니케이션 계열 과목으로 편입시켜줄 수 없는지 교섭한 적이 있다. 아울러 점자는 일본어 표기법의 일익을 담당하는 문자임에 틀림없다고 누누이 설명했더니,

한 선생님이 이렇게 말했다. "점자가 문자의 역할을 충분히 대신할 수 있다는 것은 잘 알겠습니다만…."

예전에 '특수교육'의 정의 가운데 "일반 학교교육에 '준하는' 교육"이라는 표현이 세간에 오르내린 적이 있다. 이 '준하다'도 앞서 말한 사전에서 '비기다', '동등하게 취급하다'라고 설명한다. 요약하자면, 이 또한 '실은 그렇지 않지만'을 노골적으로 보여준다.

이렇게 생각하다 보니 점자와 수화 그리고 우리 장애인도 매우 빈번하게 '간주'되거나 '준함'을 받지 않았나 싶다. 예를 들면 일상에서 자주 아무 생각 없이 이렇게 발화하는 말을 듣고 있지 않은가. "이 점자를 일본어로 번역해주지 않겠습니까?" "수화와 말 양쪽을 다 할 수 있다니 정말 대단하네요." "패럴림픽도 보통 올림픽과 같은 경기장에서 열립니다." "당신들 장애인은 그렇더라도 우리 인간은…." 우리는 결국 '인간으로 간주'되고 있던 걸까?

이런 말을 늘어놓으면 시각장애인 사회 안팎에서는 한결같이 이런 말들이 들려온다. "그런 식으로 궤변을 늘어놓고 있으니 정리될 것도 안 되고 엉망이잖아." "아니, 그렇게까지 받았으면 솔직히 고마워해야 하는 거 아니야?" "처음부터 완벽하게 만족할 수 있을 리가 없잖아. 충분하지 않더라도 일단 받아놓고 나서…." 그리고 이런 의견은 대부분 '어른의 의견'으로 존중받는다. 그 결과, 나중에까지 영향을 끼칠 화근을 남긴 예가 우리 역사에 몇 번이나 있었는지도 다시 기억해두어야 할 것이다. 모나더라도 이성적으로 생각해둘 필요가 있을 때가 있는 법이다.*

　'역사'라고 하면 시대를 바꾼 큰 사건에만 눈길이 가는 법이긴 하다. 그러나 의외로 작은 말의 엇갈림과 간과 그리고 실언처럼 세세한 것 하나하나가 역사라는 커다란 전당을 지금과 같은 형태로 만들고 있는 게 아닐까? 그러니 우리는 그저 높은 곳에서 내려다보고 있을 뿐이면서 이해했다고 착각할 게 아니라, 가까이 가서 촉감을 느껴가며 검증하는 부단한 노력이 필요하지 않나 싶다. 우리 장애인에 관한 법률과 제도가 크게 바뀌려는 지금은 특히 더 그렇다.

---

* "이성에 치우치면 모가 난다知に働けば角が立つ"는 일본 속담이 있다.

점자투표 100년의 의미

2015년 5월 24일 자 〈점자 마이니치〉에 후쿠오카 점자도서관 관장 요시마쓰 마사하루吉松政春의 글 〈'선거 알림' 제작을 마치고〉가 실렸다. 2015년은 일본이 전 세계에서 제일 먼저 점자투표를 법적으로 공인한 지 딱 90년이 되는 해이다. 시의적절한 이 글을 읽고 나는 깊은 감명을 받았다.

선거 때 전국의 점자출판 관련 단체가 모두 협력해 〈선거 알림〉 전문을 점자번역판과 음성번역판으로 만들게 된 것은 언제부터였을까? 이 글에는 그때의 비화가 담겨 있다. 선거관리위원회와의 사이에서 일어난 일, 점자번역판 인쇄와 교정, 음성번역판 복사 그리고 발송… 그 모든 일이 시간과의 싸움이었다. 통상적인 대출 업무를 쉬지 않으면서 선거공보를 작성하는 일의 어려움은 들으면 들을수록 엄청난 것이었다.

잔업에 또다시 잔업, 휴일 근무 그리고 이런 힘든 노동 끝에 겨우 손에 쥘 수 있었던 공보였다. 적당히 대충 읽고 아무렇게나 내버려놨던 것이 정말 부끄럽고 또 죄송했다.

글을 읽는 손가락에 특별히 힘이 들어간 대목은 무엇보다도 "(내 정견이나 경력은) 점자로 번역하거나 녹음하지 않아도 된다"라고 한 어느 현직 후보자의 파렴치한 발언에서였다. 전에도 이런 이야기를 듣긴 했지만, 다시금 화가 치밀어 올랐다. 오래전에 "장애인이 읽으리라 상정하고 쓴 것이 아니다"라면서 자기 작품을 점자로 번역하기를 거부한 작가가 있었다. 오만한 사람이었다. 하지만 이번엔 그런 식으로는 해결되지 않는다. 그는 적어도 공직에 있는 사람이다. 차라리 그 이름을 공표하고, 그가 소속해 있거나 추천하는 정당에 속한 현직 의원 전원에게 연대책임을 지워 사직시키는 건 안 되겠지? 물론 이건 너무 과격한 이야기이지만, 그 발언이 '합리적 배려'를 현저히 결여했다는 것은 불 보듯 명확하다.

그리고 공보 속 선거에 관한 설명 중 이상야릇한 문장 하나. "투표용지에 후보자명을 자기가 쓰거나, 점자투표를 하거나, 또는 투표소 담당 직원이 대필하여 대리투표도 할 수 있습니다." 요시마쓰는 "점자로 쓰는 것은 자기가 쓴다는 행위에 해당하지 않는가?"라고 말한다. 정말로 합당한 지적 아닌가. 저 문장에는 점자가 묵자와 마찬가지로 읽고 쓸 수 있는 '문자'라는 인식이 애초에 없는 것이다. 시험이나 앙케트 질문이라면 "점자는 문자이다"라는 항목에 동그라미를 치는 사람이 제법 있지 않을까? 그러나 아직은 이 나라의 많은 사람들에게 '납득된 것'은 아닌 게다. 개정중의원의원선거법에 각인된 "문자'로 간주한다'"는 망령은 지금도 오래 묵은 뱀처럼 우리를 속박하고 있는 것이다.

'합리적 배려'라는 말을 요즘 자주 듣는다. 내게는 이 말을 논할 어떤 전문적 지식도 없거니와 자격 또한 없다. 그러나 점자투표는 인정하면서 선거와 관련해 유포되는 정보는 점자로 얻을 수 없다는 점(더욱이 그 필요성조차 인정하지 않는 점), 또 그 정보를 제공하기 위해 특정한 사람들이 육체적·정신적으로 가혹한 노동을 강요당하는 상황에서 합리적 배려의 요건이 충족되지 못한다는 점은 잘 알겠다.

이 문제를 해결하려면 일본 점자가 문자'이다'라는 인식이 단지 지식으로서가 아니라 감각으로서 사회에 널리 퍼져나가야 한다. 그래서 이 나라 전체가 '간주하다'의 망령에서, 또 이전부터 존재해온 '문자가 아니다'라는 불명예스러운 의결의 속박에서 해방될 필요가 있을 것이다.

일본 점자투표의 자랑스러운 역사는 곧 100년을 맞이한다. 우리는 다시 한번 이 사실을 가슴에 새기고 새로운 발걸음을 내디뎌야만 한다. 앞선 이들이 싸워 얻어낸 소중한 권리를 지키고자 분투하며 애쓰는 여러 관련 단체들의 존엄한 노력에 대답하기 위해서라도.

거울에 비친 문자

최근 점자를 복지나 지원교육 전공생을 위해서만이 아니라 언어·커뮤니케이션 계열 과목으로 일반 학생들에게 가르치는 대학이 나오고 있다. 두 팔 들어 환영한다. 그런 가운데 내가 '네이티브 점자 사용자'이자 언어학 전공자라 나를 여기저기에 막 쓸 수 있어서인지 소중히 여겨준다. 점자를 연구 대상으로 하는 것이 아니어서 살짝 뒤가 켕기는 기분이 들긴 하지만 고맙게 받아들이고 있다.

첫 수업에서 학생들의 수강 동기를 들어보면, 많은 학생들이 역이나 가전제품을 비롯한 여러 상품에서 점자를 발견하지만 읽을 수 없어 짜증 났다고 대답했다. 아주 건강한 대답이다. 이런 사람들이 점자의 미래에 새로운 바람을 불어넣어 일본의 점자를 활성화해주기를 절실히 바란다.

초심자인 학생들이 넘어야 할 최초의 관문은 역시 오른쪽에서 쓰기 시작하고 왼쪽부터 읽는 점자의 독특한 표기법이다. 우리에게는 그런 것쯤이야 아주 당연한 일이다. 어린 시절부터 문자란 본래 그런 것이라 생각해왔으니까. 하지만 그들에게는 "쓰는 문자와 읽는 문자가 전혀 다르다" 정도로 생각된단다. 그야 그럴 것이다. 각각의 글자가 거울에 비친 것처럼 되어버리니까. '다로' 군이 '고리ー' 군이 되고 '도모에' 씨가 '시미루' 씨가 되며 '아사요' 씨가 '뇨키' 씨가 되어버리니 처음에는 정말 큰일이다.

다음 관문은 '와', '에', 'ー' 등을 사용하는 방법이다. 엄청난 가나문자론자•였던 이시카와 구라지는 철저히 발음에 충실한 표기법을 모색했다. 그래서 점자로 "다로ー 쿠ㄴ토 요ー코 사ㄴ와 도ー쿄ーー에 이스타"(다로 군과 요코 씨는 도쿄에 갔다)••처럼 쓰는데, 이것이 생각보다 마음을 불편하게 만드는 모양이다. 과

• 한자폐지론자나 한글전용론자처럼 일본의 고유문자인 가타카나만 사용하자고 주장하는 사람.
•• 장음이 되는 '우ウ'는 'ー'로 (예: タロウ → タロー・ヨウコ → ヨーコ), '하ハ'라고 쓰고 '와ワ'로 발음하는 조사는 처음부터 '와ワ'로 표기하며(サンハ → サンワ), 마찬가지로 '헤ヘ'로 쓰고 '에ェ'로 읽는 조사 '헤ヘ'도 발음 그대로 '에ェ'로 적는다(トーキョーヘ → トーキョーエ).

연 그러하다. 어쨌든 (말에서는 특히) 낯선 경치에 당황하기 마련이다.

진짜 힘든 것은 띄어쓰기이다. 순수한 표음문자인 점자에서는 영어와 마찬가지로 띄어쓰기의 역할이 정말 중요하다. 일본어 점자에서 기본적인 띄어쓰기 단위는 어절이다. 그러나 오늘날 일본 학교에서는 문법을 가르치는 것이 금지되기라도 했는지 요새 대학생들에게 명사, 조사, 조동사라고 해봤자 전혀 알아듣지 못한다. 이렇게 되면 뭐, 익숙해지는 수밖에 없다. 사실 우리도 문법 같은 건 하나도 배우지 않았을 때부터 점자를 외웠으니까. 산더미 같은 숙제를 내고 빨간 펜으로 쫙쫙 그어 돌려준다. 물론 탈락자도 나오지만, 대부분의 수강자가 그럭저럭 만족할 정도로 익혀서 최종 시험을 통과한다.

그들에게서 자주 이런 감상을 받는다. "점자를 배우고 나니 지금껏 전혀 신경 쓰지 않았던 것, 예를 들어 '○○라는 건'이라고 써야 할지 아니면 '○○라는 것은'이라고 써야 할지 의식적으로 생각하게 되었다.""지금까지는 말의 순서 따위에 주의를 기울이지 않았는데 이제는 묵자를 쓸 때도 단어를 어떤 순서로 배열할지 주의하게 되었다." 정말 기쁘다!

나는 항상 학생들에게 점자 공부로 일본어의 새로운 창을 하나 내기를 바란다고 말한다. 흔히 "외국어는 마음의 창"이라고들 한다. 또 "외국어를 모르는 사람은 모국어도 모른다"라는 말도 있다. 문자에 관해서도 이렇게 말할 수 있을 것이다. 한자와 히라가나, 가타카나를 섞어 표기하는 묵자와는 체계가 전혀 다른 점자를 통해 학생들, 아니 우리 모두가 일본어에 대한 좀 더 풍요로운 감성을 기르고, 일본어에 신선한 숨을 불어넣으며, 한층 아름다운 일본어를 길러나가는 데 공헌할 수 있다면 얼마나 멋진 일일까.

그러기 위해서는 점자를 떠나는 것을 너무 두려워한 나머지 질을 떨어뜨리고 양을 늘리는 방식보다는, 점자의 매력을 그대로 순수하게 전하는 노력을 거듭할 필요가 있지 않을까. 동시에 우리도 학생들의 발상이나, 때로는 틀린 부분을 단순히 감점 대상으로 다룰 게 아니라 거기에서 진지하게 배울 수 있는 유연성을 지닐 필요가 있지 않을까.

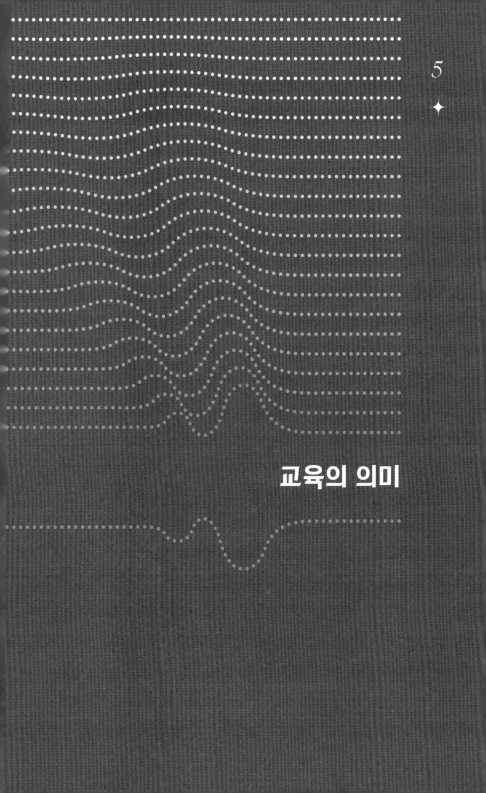

5

교육의 의미

"선생님." 한 학생이 얼굴을 마주하고 이렇게 말했다.
"수업이라는 건 선생님이 생각하시듯
학생이 일일이 반응하거나 웃거나 하는 게 아니거든요.
그저 참고 견딜 뿐이거든요?
선생님들도 사실은 자기 연구를 하고 싶은데
돈 벌려고 어쩔 수 없이 하는 거잖아요?
우리랑 마찬가지라고요."
아, 대학이여, 너는 언제부터 이토록 허망한 곳으로
변해버렸느냐!

이야기의 위기

언제부터였을까. 눈앞에 있는 학생들의 머릿속에서 도대체 무슨 일이 일어나는지 너무 신기해한 것이.

예를 들면 이런 때이다. 영문법 수업 시간이라면 어떤 항목에 관해 먼저 일반원리를 대강 설명한다. "그럼 이렇게 돌려 말하는 것은 어떤 의미가 될까요?" 정석대로 다음에는 구체적인 예시를 들며 수업을 진행한다. 그러면 무릎의 조건반사처럼 "모르겠어요!"라는 대답이 몇 번 들린다. 그 뒤 겨우 나온 대답에는 처음에 내가 해준 설명의 그림자조차 보이지 않는 엉뚱한 내용이 나온다. 어쩔 수 없이 한 번 더 설명해준 뒤 학생의 대답을 듣는다. 자, 그럼 조금 전 학생의 대답과 하나도 다르지 않은 대답이 돌아오는 게 아닌가! "아니, 그게 아니라고 말했잖아요"라고 하자, 그 학생은 아주 태연하게 대답한다. "나도 아까 이야기한 사람과 똑같이 생각했으니까요."

다음은 점자 수업 시간. 우선 어떻게 만들어졌는지 가르친 뒤에 주의를 주었다. "점자는 점 하나가 틀리면 뜻이 변합니다. 그러니 읽을 때든 쓸 때든 주의를 기울여주세요. 예를 들어 '손목'이라고 쓰고 싶었는데 점 네 개 중 하나가 빠지는 바람에…." 그리고 점자를 묵자로 바꾸는 과제를 냈다. 학생들이 제출한 과제를 모아보니 '어떻게든 이렇게든'이라는 점자를 '아ー게든 이렇게든'으로 읽어놓았다. "그런 말을 들어본 적이 있습니까?" 어이가 없어 이렇게 묻자 역시 잘못한 기색은 하나도 없이 "아니, 그렇잖아요. 뭐, 그렇게 읽혔으니까 할 수 없지요"라는 대답이 돌아온다.

그들은 애초 '줄거리를 따라가'지 않게 되었단다. 이러저러하게 되어 이렇게 되고 그렇게 되었다면, 다음에는 당연히 이렇게 나오겠지 하는 식으로 예측해보지 않나? 이렇게 생각했는데 저렇게 나오면 너무 이상한데, 혹시 내가 틀렸나? 이런 식으로 머리 굴리는 일을 못하는 것이다. 아무리 누누이 설명해도 결국 그들 머릿속에 남는 것은 맨 마지막 부분뿐. "시험이 끝나면 모범답안을 주겠습니다"라고 말하자, "선생님, 지금 모범답안을 준다고 했잖아요!"라고 갑자기 손을 내미는 상황이 벌어진다. 그러고 보니 어느 학기말 시험 답안지 구석에 "가끔 이해할 수 없는 이유로 돌연 화를 내시는데, 그러지 좀 않으셨으면 좋겠다"라고 써 있었다. 내 딴에는 분명 의미가 있어서 잘 알아듣게끔 천천히 설명해준 것이었는데 말이다….

이것이 '요즘 학생들'에게만 갑작스럽게 일어난 현상은 아닌 듯하다. 앞에서도 썼지만, 어느 사찰의 윗분 이야기에 견줄 만한 이상야릇한 이야기이다. 아무래도 지금 이 나라 전체가 심각한 이야기의 위기, 그래서 의미 없음의 위기에 휩싸인 건 아닌지 생각하게 된다. 서로 이야기를 공유할 수 없다면 당연히 커뮤니케이션도 성립할 수 없을 것이다.

이 일은 오늘날 우리가 크건 작건 생각한 것이 생각한 대로 실현되지 않은 것에 대한 참을성이 없어서 생긴 일은 아닐까. 더 나아가 이는 그런 게 '평범'한 일이라고 필사적으로 보여줘온 이 시대의 과실 중 하나라고 할 수 있을 것이다. 2011년 3월 11일에 일어난 동일본대지진은 그 거짓을 멋지게 폭로해 보여주었다. 그때부터 '유대'라는 말이 주목받은 것도 이렇게 생각하면 정말 상징적이지 않은가.

어떤 사람이 말했다. "개조介助*란 바꿔 말하면 커뮤니 케이션이다." 나는 이렇게 바꾸고 싶다. 더 나아가 일반적으로 복지란, 그 법률의 제정조차 결국은 모두 함께 이야기를 엮어 나가는 행위에 지나지 않는다고. 아니, 더 넓은 의미에서는 지금 이 시대를 살아가는 전 세계 사람들이 모두 평등하게 히스토리(역사)라는 스토리(이야기)를 함께 엮어내는 사람들이다.

• 신체적 활동을 밀접하게 도와주는 '개호介護'(케어)와 달리 신체적이지 않은 도움까지 포함하는 용어로, 그냥 지켜보거나 말 상대가 되어주는 것도 포함한다.

'의미 없음'의 시대

"선생님." 언젠가 수업 시간에 경제학과 학생이 질문했다. "대학 수업은 어째서 전부 의미 없는 것뿐이에요?"

"뭐?"

그 질문이야말로 의중을 모르겠기에 되물었다. "예를 들어 어떤 수업이 의미가 없다고 생각하나요?"

"경제학사라든가 경제원론 같은 거 전혀 의미 없지 않아요?"

"응?"

점점 더 무슨 소리인지 알 수 없었다.

"그럼 어떤 게 의미가 있는 수업이에요?"

"부기簿記라든가 공인회계사 시험 대비라든가."

나는 절규했다. 그는 마음속으로 분명 이렇게 외치고 있었을 것이다. "선생님 수업도 똑같이 의미 없단 말이에요. 주어가 어떻다, 글쓴이의 메시지가 무엇이다, 이런 거 전혀 의미가 없잖아요. 그런 것보다는 여행에서 사용할 수 있는 영어라든가 영검*이나 토익 점수 올리는 기술 같은 걸 가르쳐주지 않겠어요?"

나는 앞서 오늘날이 이야기의 위기, 따라서 의미의 위기가 닥친 시대라고 쓴 바 있다. 그들은 어째서 세상사를 줄거리 따라 이해하려 하지 않고 당장 지금 아는 범위 안에서, 심지어 자기 편의에 따라서만 해석하게 되었을까? 얼마 전에 한 학생이 일본 대학생은 왜 세계에서 가장 공부를 안 한다고 이야기되는지 물어보았다. 나는 학생들의 태만에 관해 누누이 이야기한 뒤, 너무 학생들 탓만 하면 공정하지 않은 듯해 마음을 고쳐먹고 이런 말을 덧붙였다. "대학이나 사회가 공부하는 학생들에게 정당한 보상을 하지 않게 된 점도 분명 문제일 수 있겠네요." 이 말을 듣자마자 그는 고개를 깊이 끄덕이며 말했다. "역시 그렇죠? 대학과 사회가 나쁜 거죠?"

• 일본 국내에서 통용되는 영어 시험인 '실용영어기능검정'을 뜻한다.

그러나 이 경우 '의미'란 글자 그대로 말의 의미, 또는 메시지의 의도라고 할 수 있다. 이는 처음 학생이 말한 "의미 없잖아요"의 '의미'와는 약간 다르다고 하겠다. 처음 학생이 말한 '의미'는 이른바 사물의 가치, 또는 중요성(또는 실용성?)을 가리킨다. 그렇더라도 내게는 이 역시 마찬가지 위기에 놓여 있는 듯 보이는 걸 어쩌나. 그들은 그저 당면한 것 그리고 자기 한테 도움이 되는지에만 관심을 쏟는다. 그러니 멀리 내다보며 해야 하는 일이나 다른 사람과 사회와의 관계 속에서 이해할 필요가 있는 일은 "의미가 없다"는 쌀쌀맞은 말로 잘라내 버리는 것이다.

맹학교 초등부 시절, 점자를 자주 틀리게 썼던 우리에게 선생님은 이런 숙제를 냈다. "이야기를 전부 베껴 써서 내세요. 한 페이지에 10개 이상 틀린 곳이 있으면 다시 해야 해요." 물론 계속 다시 하기의 연속이었다. 이제는 점자기로 한 점 한 점 찍는 일을 거의 하지 않는다. 그렇다면 그때 우리의 노력은 전혀 의미가 없는 것이었을까? 도저히 그렇게 생각되지 않는다. 반대로 지금 대학생들은 쓰기나 스펠링 테스트를 그다지 하지 않은 모양이다. 한번은 시험 삼아 달과 요일 이름을 영어로 써보라고 시켰다. 예상대로였다. 모든 문제에서 스펠링을 틀리지 않고 쓴 학생은 열 손가락 안에 꼽힐 정도였다(예를 들면 일요일을 '아들요일', 월요일을 '남자요일', 금요일을 '파리요일'이라고 쓰거나, 1월과 2월 다음은 '스프링'이라고 쓴 귀여운 답도 있었던 것 같다). 그리고 모두 입을 모아 말했다. "이런 거 해봤자 의미 없지 않아요? 이거랑 영어 실력이 무슨 상관이 있다고."

물론 모든 것을 편리함 탓으로 돌리면서 결론을 내고 싶지는 않다. 또 예전의 스포츠 만화처럼 뭐든지 "근성!"이라고 연달아 외치는 것도 이상하다고 생각한다. 그렇지만 어쨌든 분발해서 원하는 만큼 경기를 잘 이끌어가고 싶으면, 진력이 날 정도로 달리고 유연체조를 해두지 않으면 안 된다.

조금만 참으라, 학생들이여! 그리고 실로 의미 있는 즐거운 인생을 살아보자! 그렇게 응원을 보내지 않을 수 없다.

텔레비전 화면을 뚫는 법

일본에서 텔레비전 방송은 언제 처음 시작되었을까? 1959년에 전 천황 부부가 결혼식을 올릴 때 텔레비전 수상기가 엄청나게 팔렸다고 하니, 아마 그보다 조금 전이었을 것이다. 나는 텔레비전이 우리 집에 처음 온 때를 분명하게 기억하는 마지막 세대에 속한다.

텔레비전이 온 뒤 얼마 지나지 않아 어머니는 내게 이런 말을 했다. "아버지와 누나는 아침을 먹으면서 텔레비전을 보니까 항상 음식을 흘린단 말이야. 정말 식탁 예절이 나빠졌어." 텔레비전에 눈을 빼앗기지 않고도 방송을 즐길 수 있었던 나는 아주 우쭐해졌다. 그리고 늘 득의양양하게 텔레비전 소리는 잘 들리지만 화면은 보이지 않는 위치에 자리를 잡았다.

알다시피 텔레비전은 주로 시각에 호소하는 매체이다.

그래서 우리는 말과 소리만 들으면서도 "텔레비전을 본다"고 한다. 선천적 맹인인 나는 상상의 영역을 벗어날 수 없지만, 시각은 오감 가운데 가장 넓은 범위를 한 번에 장악할 수 있어서 가장 수동적인 감각일 것이다. 정확한 수치는 모르지만 촉각이나 청각에 견주면 훨씬 많은 대량의 정보를, 선택의 여지도 기다릴 새도 없이 마음속 깊이 낙인찍어버리는 것이다. 그런 까닭에 '눈이 잘 보이는 사람'은 우리가 세상의 더러운 것을 보지 않고 살 수 있다는 환상을 품는 것이리라.

텔레비전 방송이 시작되고 얼마 되지 않았을 무렵, 어느 고명한 평론가 선생은 "마침내 텔레비전은 모든 사람이 아무 생각도 못하게 만들 것이다"라고 했다. 그 뒤로 60년 넘게 흘렀다. 이 기분 나쁜 예언은 얼마만큼이나 실현되었을까?

한번은 동료 선생님이 이런 말을 했다. "요새 학생들은 텔레비전을 시청하는 느낌으로 수업을 보고 있잖아요?" 과연 그들은 철저히 수동적인 태도를 취한다. 마치 자기 방에서 버라이어티 프로그램을 시청하는 듯 페트병에 든 음료수를 마시며 멍하니 앉아 있다. 그러니 내가 "이에 관해 어떻게 생각합니까?"라고 질문하면서 지명하면, 학생들 처지에서는 분명 텔레비전에서 갑자기 연예인이 튀어나와 멱살이라도 잡는 것 같으리라. 즉 이것은 규칙 위반이다. 재미없는 것도 연예인이 잘못해서이다. 불행히도 수업 시간은 텔레비전과 달리 채널을 마음대로 돌리지 못하니 그럴 때는 스마트폰의 세계로 잠수한다. 이런 식이겠지.

"그런 식으로 말하면요, 선생님." 학생들은 이렇게 말한다. "선생님이 좀 더 매력적인 수업을 하면 되지 않아요? 예를 들어 마이클 샌델Michael Sandel이나 긴파치金八* 선생님처럼 말이에요. 그러면 우리도 수업에 집중할걸요?"

정말 그럴까? 그들처럼 매력적인 수업을 하라고 하면 자신이 없는 건 사실이다. 하지만 혹시라도 눈앞에 샌델 선생이 나타나 특유의 정답 없는 질문을 퍼붓는다면 어떨까? 내 수업 시간에서와 마찬가지로, 되도록 지명되지 않기 위해 샌델 선생과 눈을 마주치지 않으려 애쓸 게 아닌가? 만약 내가 긴파치 선생처럼 그렇게 열정적으로 이야기한다면 그들은 뭐라고 할까? 오히려 "아, 진짜! 시시콜콜 따지고 들고… 성가시네" 하

• 오래전 방영한 일본의 유명 드라마에 나오는 열혈 선생님.

면서 도망치지 않을까? 샌델 선생이건 긴파치 선생이건 결국 텔레비전 건너편에서 일어나는 일이니 안심할 수 있는 것 아닐까? 그렇지 않나?

물론 요즘 학생들이 모두 이런 상태라고 말하려는 것은 아니다. 더욱이 텔레비전이 모든 악의 근원이라고 말하고 싶은 것도 아니다. 심지어 "그에 비해 눈이 보이지 않는 우리는" 으로 시작되는 말을 하려는 것도 절대 아니다! 그저 이런 말을 하고 싶을 뿐이다. 아무리 편리한 시대가 온다 한들, 우리는 각자의 오감을 구사해 제 안에 독자적인 무언가를 만들어가야 하는 존재라고. 앞서 말한 그 평론가도 이런 말을 하고 싶어서 주의를 환기한 게 아니었을까?

자, 새 학기가 시작되었다. 새로운 학생들과의 만남이 기다리고 있다. 어떻게 하면 텔레비전 화면을 뚫고 그들과 똑바로 마주할 수 있을까?

불쾌한 진화

꽤 오래전 영어 수업 시간에 학생들과 함께 헬렌 켈러의 글을 읽은 적이 있다. 헬렌 켈러가 학생들과 같은 나이였을 때 쓴 수필로, 그의 패기를 느낄 수 있었다. 젊고 싱싱한 문장에 감명받으면서도 무척 교양이 깊고 격조가 높아 아주 고생하며 읽었던 기억이 난다.

그 글은 "만약 내가 태어나는 환경을 스스로 선택할 수 있다면"이라는 말로 시작했다. 그 대목에서 학생들에게 "여러분이라면 어떤 환경을 선택하겠습니까?"라고 물어보았다. 그러자 어떤 학생이 대답했다. "저는 아무것도 고민하지 않아도 되는 환경을 고르겠습니다." 이 대답을 듣고 나는 1년 내내 우울에 잠겨 있어야 했다.

어쩌면 이 학생은 그때 무언가 아주 심각한 고민을 품고 있어, 당장은 아무것도 생각하고 싶지 않은 상황에서 그런 대답을 했을지도 모르겠다. 그럼에도 요새 학생들은 모두 깊이 생각하는 것을 싫어하는 듯 느껴진다. 내가 질문하면 그들은 바로 "몰라요" "모르겠어요"라고 주저 없이 답한다. 그 모습이 얼마나 시원시원한지!

그런데 최근에는 동그라미까지 쳐놓고 심각하게 이 상황을 고민하게 되었다. 학생 몇 명이 연달아 이런 의견을 내놓았기 때문이다. "옛날에는 지금보다 불편했으니 육체와 마찬가지로 두뇌도 노동을 해야 했잖아요. 또 사람들 간의 유대도 필요했고요. 그렇지만 지금은 기술이 진보해 IT나 로봇, AI에 맡겨놓으면 되는 시대가 됐어요. 그러니 깊이 '생각'하는 것은 진화의 어느 단계에서 인류가 생명을 연장하기 위해 필요로 했던 하나의 과도기적 수단에 지나지 않아요."

그 의견은 이렇게 이어졌다. "정치도 그래요. 인간이 정치를 하니 사리사욕이 끼어들어 방해하고, 눈치를 보고 알아서 기고. 그런 것 아니겠어요? IT 정치가 된다면 방대한 데이터를 사용해 순식간에 가장 적절한 해답을 찾아내줄 거예요." 그는 또 이렇게 말했다. "장애도 이 시대의 일시적인 현상으로, 앞으로는 의료와 다양한 기술과 대체품에 의해서 전혀 문제 되지 않게 될 거예요. 점자만 해도 그래요. 미래에는 정보를 직접 뇌로 보낼 테니까 기억할 필요도 없어지고요. 시각장애인 안내견 같은 건 조만간 편리한 로봇으로 바뀌지 않겠어요?"

정말 상상만으로도 불쾌할 지경이다. 그런 기분밖에 들지 않는다. 그런데 생각해보면 우리 인류는 분명 시대가 변하면서 점점 사이보그화 일로를 달린 것도 사실이다. 지금은 우리가 어떤 물고기보다 정교하게 헤엄치고, 치타보다 빨리 달리며, 새보다 높이 날고, 지구 반대편 사람과도 함께 노래 부르고, 더욱이 (토끼 말고는) 어떤 생물도 아직 가본 적 없는 달까지 도달하는 데 이르렀다. 우리의 장애와 관련된 장벽도 그 혜택을 받아 아주 많이 해소되었다. 손으로 점자를 쓰는 일도, 손가락으로 읽는 일도 점점 줄고 있다.

지금 우리는 '생각'한다는 행위의 산물인 이 기술에 의해 드디어 '생각'하는 일에서 해방되려 하는 것일까? 인간은 '생각하는 갈대'라고들 한다. 자연계에서는 그저 바람에 흔들릴 뿐인 연약한 한 줄기 갈대. 그것을 우주보다도 위대한 존재로 만들어놓은 '생각'을 멈출 때, 우리는 과연 어떻게 될까.

"모르겠습니다." 한 학생이 태연자약하게 답했다. "하지만 어쩔 수 없잖아요. 그게 진화이니까요." 그 목소리가 내게는 갈댓잎을 스치는 바람소리처럼 쓸쓸하게 들렸다.

그런 나를 보고 미래의 사람들은 이렇게 말할지도 모른다. "옛날 사람은 참 힘들었겠는데? 책을 몇 권이나 읽고 미간을 잔뜩 찡그리면서 '도대체 인생이란 무엇인가'라며 고민했다는 거야, 글쎄. 지금이라면 당장 AI에게 물어볼 텐데 말이야. 그럼 바로 정답이 나오잖아?" 지금 우리가 현대의 눈으로 옛날 사람들의 생활 모습을 바라보고 그저 신기해하는 것, 딱 그만큼 말이다.

좋아한다는 그 마음

해마다 가을이면 대부분의 대학이 축제를 연다. 바로 이때라는 듯 학생들은 평소의 연구와 연습 성과를 뽐낸다. 전문가가 만든 것 뺨치게 맛있는 일품요리를 선보이는 가게도 있었다. 들뜬 나머지 주변 상점가까지 나가 날이 새도록 소동을 벌이던 때도 있었다. 옛날에는 말이다.

지금은 몹시 쓸쓸해졌다. 학생들에게 참가할지 물어보면 대부분은 "평소처럼 아르바이트 가기로 했어요"라는 대답이 돌아온다. 이렇게 말하는 나도, 예전에는 교실에서 보던 모습과는 다른 제자들의 모습을 즐겁게 지켜보며 캠퍼스를 돌아다녔지만 최근에는 계속 소중한 휴식의 시간으로 정해놓고 있다.

그런데 한 대학에서 올해 축제의 테마를 "좋아하는 것

을 뽐내라"로 정했단다. 훌륭하다! 나는 쾌재를 불렀다.

언제부터였을까? 요새 학생들 마음속에는 애초에 '좋아한다'는 감정 자체가 존재하지 않을지도 모른다는 생각이 든 것이. 예컨대 "여러분이 제일 좋아하는 것은?" 하고 물어보면, 그들은 대개 아주 곤란한 듯 고개를 갸웃거리며 "어디 보자, 빵도 좋아하고 국수도 좋아하고, 아니 된장국이 더 좋은가…"라고 중얼거린다. "예를 들어 생일이니까 어디 좋은 데 가서 맛있는 거 먹자고 하면 너는 뭐가 먹고 싶은데?" 하고 다시 물어본다. 그래도 그들은 여전히 고개를 갸웃거리며 "저기 있는 패밀리 레스토랑에서 파스타? 카레? 에이, 그냥 맥도날드에서 햄버거나 먹으면 돼요."

뭐라고? 도저히 믿을 수가 없었다. 나라면 비프스테이크나 스시처럼 평소 먹지 못하는 것을 먹어보려고 졸라댈 텐데 말이다. 과연 그들 처지에서는 외식 따위는 전혀 특별한 이벤트도 아닐 테고, 애초에 기념일이나 좋은 일이 있을 때 외식을 한다는 감각 자체가 없다. 어쩐지 불쌍한 느낌마저 든다.

음식에만 국한된 것이 아니다. 수업 시간에 "이 이야기는 재미있었습니까?"라고 물어보면 "보통." "필자의 이런 의견에 대해서는 어떻게 생각합니까?" "그다지." "다음에는 무엇을 읽어보고 싶습니까?" "뭐든 상관없습니다." 그들은 스스로 하고 싶은 것을 발견하고 그것을 향해 나아가는 정열을 쏟는 일이 아무래도 힘든가 보다. 최근에는 이럴 때 듣는 음악이라고 말하면 딱 맞는 곡을 틀어주는 소프트웨어까지 있는 모양이다. 이러다가 자신에 관한 데이터를 입력만 하면 AI가 딱맞는 연인을 선택해주는 건 아닐까. 그러면 금방이라도 그들의 사전에서 '반하다'라는 글자가 사라지는 날이 찾아오지 않을까. 어떤 경우든 나처럼 재주 없고 기술도 없는 인간은 걱정이 된다.

고등학교 시절, 나는 시대의 흐름과 선배들의 활약에 자극받아 대학 수험을 준비하기로 결심했다. 어차피 공부를 할 작정이라면 하고 싶은 것을 해야 손해 보지 않는다는 생각에, 좋아하는 언어 연구를 할 수 있는 대학을 지망했다. 물론 몇 번이나 좌절했고, 그때마다 내 마음은 몹시 흔들렸다. 그러던 어느 날, 사촌이 나에게 단도직입적으로 물었다. "너는 언어학을 좋아해?" 심장을 푹 찔린 것 같았다. 정말로 좋아했다. 사촌은 이렇게 덧붙였다. "언제든 그 '좋아한다'는 마음으

로 돌아가면 돼." 이 말 한마디는 지금까지 나에게 이정표가
되었다.

좋아한다는 것은, 말하자면 마음의 스위치 같은 것이다.
그것은 마음속의 의욕을 불러일으키고, 정말로 원하는 것을
알게 하며, "사람이 지니는 소망의 기쁨"*을 가르쳐준다. 슬프
게도 야마유리엔 사건**에 이어 가나가와현 자마시에서도 또다
시 대량 살인사건***이 일어나고 말았다. 가해자는 아마도 '좋아
한다'는 감정을 느낄 수 없었던 것 아닐까. 그리고 마음속으로
진정 바라는 것이 무엇인지 깨닫지 못했으리라. 그런 심연과
슬픔이 조금이라도 치유되기를, 아니 스스로 조금이라도 그런
치유를 하게 되기를 바라 마지않는다.

항상 생각한다. 진정한 교양은 책 몇백 권이 아니라 오
히려 한 권에 홀려 철저히 읽어냄으로써 길러지는 게 아닐까

• 바흐의 곡 〈예수, 인간 소망의 기쁨Jesu, Joy of Man's Desiring〉에서 가져온 말인 듯하다.
•• 2016년 7월 26일 가나가와현 사가미하라시의 장애인 시설 '쓰쿠이야마유리엔'에
난입한 괴한이 19명을 살해하고 26명에게 중상을 입힌 사건.
••• 행방불명된 여성을 찾는 과정에서 2017년 10월 30일 자마시에서 발각된 연쇄살
인사건. 범인의 아파트에 있는 아이스박스에서 아홉 명의 사체가 발견되면서 범행이 드
러났다.

하고. 나는 학생들에게 이런 응원을 보내고 싶다. 그대들은 '좋아하는 것'을 많이 뽐내기를 바란다. 그리고 많은 것들에 반하기를!

✦

등보다 얼굴을

학교에서 일어나는 괴롭힘이나 체벌이 각지에서 문제가 되고 있다. 교육에 관련된 사람으로서 매우 가슴이 아프다.

실은 우리 아들도 괴롭힘을 당한 적이 있다. 아들은 약시弱視로 묵자도 읽을 수 있기 때문에 이웃 아이들과 여럿이 함께 배우는 환경을 만들어주고 싶었다. 그래서 일반 초등학교에 보내기로 했다. 선생님들에게는 아들을 특별하게 취급하지 말아달라고 몇 번이나 부탁을 했다. 어쩌면 그 부탁이 오히려 또 다른 특별 취급을 만들어냈는지도 모르겠다. 아들은 종종 학교에 가기 싫었던 모양이다.

어느 날, 아들이 울면서 돌아왔다. 이야기를 들어보니, 친구에게 몹시 폭력적인 말을 들었다고 한다. 그 아이 이름이 아들 입에서 나오는 일은 드물지 않았고, 다른 아이들도 그 아이에게 괴롭힘을 당했다고 한다. 이 문제로 PTA* 회의가 열렸고, 담임 선생님이 그 아이의 부모에게 직접 이야기한 적도 있었다. 그런데 그들은 "아무리 부모 자식 간이라고 해도, 우리와 그 아이는 어디까지나 다른 사람이니까요"라고 말했단다. "이렇게까지 나오면 더는 개입할 여지가 없습니다"라고 그때 선생님은 말했다.

　아이들 싸움에 부모는 끼어들지 말라고들 한다. 그러나 이 말은, 부모라면 누구나 당연히 어른다웠던 시대에나 적용할 수 있을 것이다. 나는 그때 굳이 금지된 방법을 사용해보기로 마음먹었다. 그 아이의 집에 직접 전화를 걸었다.

　아이가 전화를 받았다. "그럴 생각은 없었지?" 나는 애써 상냥하게 말을 걸었다. "그건 말이죠…". 내 이야기가 끝나기도 전에 그 아이는 변명을 늘어놓았다. 마치 할 말을 미리 준비해둔 것처럼 술술술 말이다. 그전에도 그 후에도 이렇게까지 기분이 상한 적이 없었다. 어찌 됐든 나는 수화기를 아들에

---

* Parent-Teacher Association. 각 학교에서 보호자와 교직원으로 조직된 사회교육 관련 단체. 여기서는 학교 단위의 PTA를 가리킨다.

게 넘겨주고 둘이 화해하게 했다.

에라, 모르겠다. 될 대로 되겠지. 그런데 30분쯤 지나 학교에서 전화가 걸려왔다. "이러시면 정말 곤란합니다!" 낭패를 봤다고 생각한 담임 선생님의 당황한 목소리가 수화기 너머로 들려왔다. 내가 전화한 뒤에 그 아이의 부모가 바로 학교에 전화를 걸어 불평불만을 잔뜩 퍼부었다는 것이다. "알겠습니다. 그렇다면 제가 직접 이야기해보겠습니다." "아니요, 아버님. 그게 제일 하시면 안 되는 일인데요…." 네 번 다섯 번 만류하는 선생님을 뿌리치고 나는 바로 전화를 걸었다.

예상대로 전화는 한동안 자동응답기로 연결되었다. 하지만 이튿날 아침에는 경계가 풀렸던 모양인지 직접 전화를 받았다. 그리고 갑자기 내 귀로 날아든 그 집 어머니의 말. "약한 아이를 상대로, 위치도 힘도 완전히 다른, 모르는 어른이 이러쿵저러쿵 이야기하다니. 정말 민폐입니다!" 오, 이런 식으로 이야기하는 사람이 있다는 말은 들어봤지만, 조금도 틀리지 않고 이런 대사를 읊는 사람을 실제로 마주하게 될 줄이야. 감동이 느껴질 정도였다. 멍하니 그 말을 듣는 내게 그는 이렇게까지 말했다. "저는요, 앞이 잘 안 보이는 어머니를 돌보고 있어요. 또 여러 자원봉사활동도 하고 있습니다. 그런 저의 등을 보고 자라난 제 아들이 친구에게 그런 심한 말을 했을 리가 없다고요." 나는 사과도 해보고 달래기도 하면서 그 어머니와 대화를 이어갔고, 마지막에는 "직접 이야기할 수 있어서 좋았습니다"라는 말까지 간신히 끌어냈다.

"내 등을 보며 자랐다"라고 그는 말했다. 분명 예전에는 말로 다 할 수 없을 만큼 깊은 메시지를 주는 등이 있었다. 그리고 그 메시지를 순수하게 받아들이는 마음이 존재하던 시대가 있었다. 그러나 슬프게도 이제 그런 시대는 지나가고 없다. 그 어머니가 아이에게 보여주어야 했던 것은 등이 아니라 얼굴이 아니었을까. 그 아이가 얼굴에 가득 띠고 있던 외로움을 알아채야 하지 않았을까.

학교 폭력과 체벌이 각지에서 문제가 되고 있다. "설마 그 아이가…. 정말 평범한 아이였는데…." "학교로서는 적절한 대처였다고 생각합니다." 그때마다 흘러나오는 이런 말들…. 나는 그 속에서 사람의 얼굴을 볼 수가 없다.

환영받지 못하는 강연자

얼마 전, 오랜만에 초등학교에서 이야기를 했다. 수업 참관일이었기 때문에 학생뿐 아니라 보호자와 선생님들도 참석해 강연을 들어준 참으로 뜻깊은 한때였다.

아주 오래전부터 나는 이런 강연 의뢰가 들어오면 반드시 선생님들에게도 이야기할 수 있는 시간을 만들어달라고 부탁한다. 어떤 대학에서 준비한 어린이들의 교류교육연구회에 초청받았을 때 생긴 일 때문이다. 당시 특수학교(양호학교) 선생님이 이런 말씀을 하셨다.

아무리 우리가 아이들의 모습이나 수업 내용을 소개하려 해도, 보통은 학교 선생님들이 굳이 자기들이 준비한 프로그램대로 하려고 해요. 그래서 필요 없는 도움을 준다든가 이해할 수 없는 책 읽어주기 같은 것을 한 뒤 썰물처럼 빠져나가버리는 거죠. 어이없어서 멍하니 있다 보면 며칠 뒤에는 엄청나게 많은 작문 더미가 날아와요. 거기에는 도장이라도 찍은 듯 이런 말이 써 있지요. "모두 몸이 자유롭지 않아 힘든데도 이렇게 열심히 살고 있어 대단하다고 생각했습니다." "장래에는 그런 아이들을 도와주는 일을 하고 싶습니다." "그런 아이들도 이렇게 열심히 살아가는데 우리는 정말 제멋대로 살고 있어 문제라고 생각했습니다." …

이 이야기를 들은 뒤로 내가 이야기해야 할 상대는 아이들이 아니라 오히려 선생님이 아닌가 싶어졌다.

아이들에게 이야기할 때 우선 준비는 하지 않는다. 핵심이 될 만한 이야기 하나만 생각해두고 나머지는 일단 질문을 받는다. 처음에 나오는 질문 중에서 가장 많은 것은 역시 "가장 힘든 일은 무엇입니까?"와 "우리는 어떻게 도와드리면 좋을까요?"이다. 어느 청각장애인의 말에 따르면, 이럴 때 선생님은 너무나도 '어쩌나! 대단하지?' 하는 의기양양한 얼굴을 하고 있단다. 그러나 분위기가 점점 부드러워지면 나온다, 나와. 계속 질문을 받다 보면 마음속에서 우러난 예상치 못한 질문이 날아오기 때문에 정말로 기분이 좋아진다. (이럴 때 선생님들은 과연 어떤 얼굴을 하고 있을까?) 마지막으로 기타를 치며 모두 함께 노래 부르고, 기분이 좋아지면서 강연은 끝난다. 이것이 내 강연의 정해진 순서이다.

그 뒤 장소를 옮겨 선생님들과 간담을 나눈다. 나는 이렇게 물어본다. "여러분은 평소 학생들에게 장애인은 곤란한 일이 많으니 길에서 만나면 반드시 말을 걸어 도움을 주라고 가르치시지요? 여러분 스스로는 어떠십니까? 자신은 그렇게 못하면서 아이들에게만 그렇게 말하고 계신다면 이 좋은 메시지가 아이들 마음에 순수하게 전달될까요?" 그러면 보통은 조금 전까지 아주 좋았던 분위기가 순식간에 험악해진다. 언젠가는 바로 옆에 앉은 교장 선생님이 너무나 불쾌하다는 듯 깊은 한숨을 세 번이나 몰아쉰 적도 있었다.

어느 초등학교에서 선생님들과 이런 이야기를 나누었을 때, 나중에 들어보니 모두 표정이 굳어 바닥만 내려다보고 있었단다. 드디어 어떤 선생님이 더는 못 참겠다는 듯 말했다. "선생님, 그런 건 우리 모두 잘 알고 있습니다." 나는 그때 그

학교를 갉아먹는 무언가 정체를 알 수 없는 심연을 보고 말았다는 기분이 들었다.

물론 처음부터 선생님들을 적대시하고 책임을 묻는 것은 엄격히 금하고 있다. 어디까지나 우리는 좀 더 나은 사회를 함께 만들어가기 위해 같은 일을 하는 사람들이니까. 그러니 우선 아이들을 가르치는 선생님들부터 '곤란한 상황에 놓인 장애인 vs. 도와주는 건상자'라는 전형적인 대립 구도에서 해방되어야 하지 않을까. 그리고 장애인과의 교류를 단순한 제목이나 '일상 업무'로 대하는 것이 아니라 마음에서 우러나와 즐길 수 있는 사람이기를 바란다.

그래서 앞으로도 이 방침을 바꿀 생각은 없다. 하지만 해가 갈수록 강연 의뢰가 점점 줄어든다. 뭐, 어쩔 수 없나.

마지막 수업

내 수업 시간에 트럼프를 하던 학생이 있었다. 스마트폰 같은 걸로 귀엽게 숨어서 몰래 하는 게 아니라 당당히 카드를 꺼내서 했다. 복지학부를 대상으로 한 '장애학 입문' 수업 시간이었다. 100명 넘게 들어오는 대형 강의실이었으니 뒤에서 뭘 해도 알 수 없긴 하다. 그럼에도 내가 수업을 하지 못하게 될 수도 있다는 생각이 들었다. 얼마 전 어느 전문대에서 수업 중에 음식을 먹는 것을 눈치채지 못했다는 이유로 약시였던 선생님이 교육직에서 물러난 사건이 있었기 때문이다.

나는 정말 다행이었다. 이를 본 조교 학생이 내게 먼저 이야기해주었기 때문이다. 그래서 나름대로 대처할 수 있었다. 학기의 마지막 수업에서 수강자들에게 이런 이야기를 했다.

오늘로 이 수업은 끝입니다. 어쩌면 여러분 가운데는 제 수업 시간 중에 다른 선생님 앞에서는 할 수 없을 정도로 대담하게 스마트폰을 만지거나 가내수공업을 하거나 트럼프를 하거나 (예를 들자면 말입니다) 다른 걸 하던 사람이 있었을지도 모르겠습니다. 제가 눈이 보이지 않아 그런 학생들의 매우 연약한 양심을 유혹한 셈이 되어버렸다면 정말 미안합니다.

그러나 이는 역시 부끄러운 일입니다. 저 스스로는 그런 일을 당했다고 기분 나쁘게 생각한다거나 눈이 보이지 않는 것을 비참하게 여기거나 하는 마음은 티끌만큼도 없습니다. 그런 학생들은 그저 스스로 부끄러운 인간이 되어버린 것이니까요. 하지만 제자 중에 그런 부끄러운 인간이 나오는 것은 정말 슬픕니다. 여러분은 복지학부 학생입니다. 게다가 이것은 장애학 수업입니다. 그런 여러분이니 이런 상황에서 그런 일을 하면 더더욱 속상해할 줄 아는 마음을 품어주었으면 하는 것도 제 바람입니다.

'그런 말을 해봤자 뭐 어쩌라고.' 이런 식으로 생각하지는 않습니까? '그런 학생이 있는 이상 그걸 제대로 파악하지 못하면 교사로서 자질이 없는 게 아닌가. 애초에 장애학이니까, 복지학부니까, 눈이 보이지 않으니까 하면서 학생들에게 도덕적 책임을 더욱 강요하는 것 자체가 불합리하다. 선생님이야말로 장애 뒤에 숨어 있는 것이 아닌가'라고까지 할 수도 있겠지요. 하지만 이는 거꾸로 된 발상입니다. 내 앞에서 들키면 곤란한 행동은 어떤 선생님 앞에서도 하면 안 됩니다. 눈이 보이지 않는 내 앞에서 그런 행동을 했음을 깨닫고 한순간의 안이한 쾌락에 승리했을 뿐인 양심이 일깨워져 여러분의 삶의 방식이 얼마간 좋은 방향으로 이끌어진다면, 수업 담당자로서 그보다 기쁜 일은 없을 겁니다. 이것이 내가 수업에서 강조해온, 사회를 위해 일하는 장애인의 역할의 의미이기도 하고, 장애인의 존재 가치에 대한 중요한 방증입니다.

학생들은, 특히 트럼프를 가지고 놀던 학생들은 나의 이러한 장광설을 어떻게 받아들였을까. 의외로, 뭐라는 거냐며 흘려 넘겼을지도 모른다. 하지만 그것으로 충분하다. 이제 모든 걸 시간에 맡기면 되니까. 당시에는 그저 고막을 진동할 뿐인 음파였겠지만 몇 년 뒤, 아니 몇십 년 뒤 어떤 계기로 갑자기 심금을 울리는 말이 되지 않으리라는 법은 없으니 말이다.

나중에 이 일의 전말을 전부 대학에 보고했다. 사실을 공유함으로써 대학이 한층 양질의 교육을 학생들에게 담보할 수 있기를 바라며. 그렇게 해야만 진정한 '배움의 터'이리라.

"범상한 교사는 지시를 한다. 좋은 교사는 설명을 한다. 뛰어난 교사는 모범을 보인다. 위대한 교사는 마음에 불을 댕긴다." 어느 고명한 교육자의 말이다. 나는 지금 어떤 단계의 교사일까.

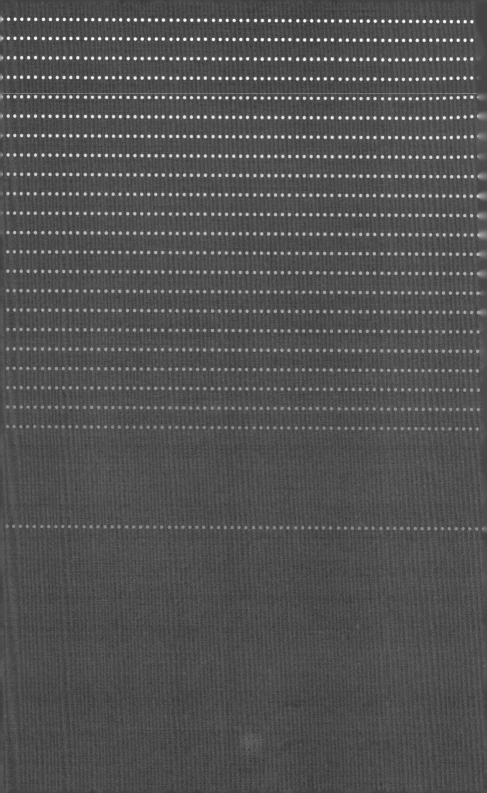

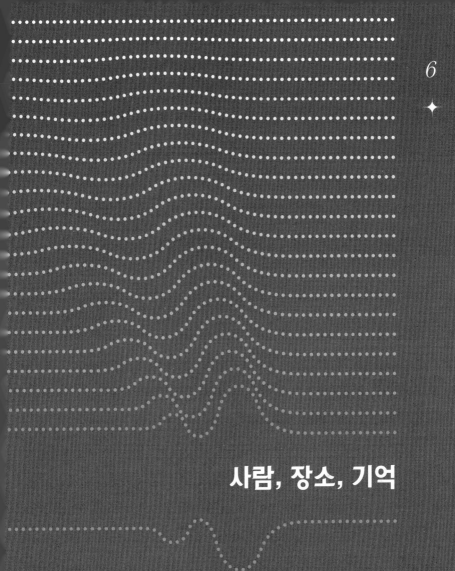

6

사람, 장소, 기억

처음으로 간 친구 집.
집에 돌아와 친구에게 전화를 걸면,
친구의 방 모습까지 마음속에 떠올라
한층 더 정겹게 여겨진다.
처음으로 방문한 나라. 귀국한 뒤에 뉴스를 통해
그 나라 소식을 들으면 바람 냄새와
감촉까지 기억나서 한층 더 마음에 스며든다.
이제껏 만난 사람, 이제껏 들른 장소.
그 모든 것이 오늘의 나를 만들어냈다.

다름을 깨닫는 날

드디어 때가 됐구나. 집에 돌아와 현관문을 열자마자 직감했다.

나는 망막아세포종이라는 일종의 소아암 때문에 실명했다. 이 병은 유전율이 몹시 높다. 특히 나처럼 양쪽 눈이 다 걸린 사람이라면 유전율이 100퍼센트에 가깝다고 한다. 그런 내가 결혼을 하고 아이를 낳았다. 자세한 사정은 몰랐기에, 유전될 가능성이 있다 해도 반반 가능성이 아닌가 정도로만 생각했다. 게다가 태어날 아이가 나와 같은 신세가 되더라도, 우선은 내가 내 인생을 전혀 불행이라 여기지 않는 것처럼 아이에게도 자부심을 품고 살라고 가르쳐주면 된다고 생각했다. 하지만 그런 나도 아내가 출산할 날이 가까워지자 아이가 부디 '오체 만족'의 상태로 태어나기를 빌었다.

유전의 법칙은 예외를 허락하지 않았다. 아들은 예상대

로 양쪽 눈에 종양이 있는 채로 태어났다. 오른쪽 눈은 태어난지 40일 만에 적출되었고, 왼쪽 눈은 황반 부분이 심하게 손상됐지만 어떻게 시력은 지킬 수 있었다. 눈이 보이지 않아도 다른 아이들과 비교해 손색없이 씩씩하게 자라기를 바랐다. 우리 바람대로 아들은 친구들과 자전거를 타고 돌아다니며, 신나게 축구와 야구를 하고, 우리를 데리고 신슈 지방의 산맥을 답파했다. 그러나 자기 눈이 여느 아이들 눈과는 다르다는 사실을 깨달을 때가 반드시 올 거라고 항상 생각했다. 그리고 마침내 그때가 찾아왔다.

집에 돌아왔더니 집 안 공기가 평소와 달리 몹시 무거웠다. 거실에 아내만 덩그러니 앉아 있었다. 저녁 식사 뒤에 아들이 갑자기 이렇게 말했다는 것이다. "있잖아, 왜 나만 한쪽 눈이 안 보이는 거야? 지금까지는 모두 그런 줄 알았는데 어째서 나만 다른 애들이랑 달라? 어차피 그럴 거면 아빠처럼 아예 안 보이든지 아니면 태어나지 않는 편이 좋았다고." 이렇게 말하고 아들은 자기 방에 들어가 나오지 않는다는 것이다.

아들 방으로 갔다. 이불 속에서 몸을 동그랗게 말고 웅크려 있었다. 아들을 안아 무릎 위에 앉히고 이야기를 시작했다. "아빠는 말이야, 똑같은 병으로 눈이 보이지 않게 됐어. 아직 아기였을 때 말이야. 할아버지랑 할머니는 의사 선생님한테서 아이의 목숨이 소중합니까, 눈이 소중합니까? 하는 말을 들었지. 두 사람 다 깜짝 놀랐대. 하지만 바로 이렇게 대답해주었대. 눈은 됐으니까 아이를 살려주세요. 그래서 지금 아빠는 여기 이렇게 있을 수 있는 거야. 아버지는 말이야, 할아버지랑 할머니가 그때 그렇게 이야기해줘서 얼마나 고마운지 몰라. 네가 태어나자마자 엄마랑 아빠도 의사 선생님한테서 똑같은 말을 들었어. 그리고 똑같이 대답했지. 그렇잖아. 너랑 오래도록 이렇게 함께 살고 싶은걸. 아빠는 양쪽 눈이 다 보이지 않지만 너는 한쪽 눈은 보여. 아빠는 네가 아빠가 보지 못하는 걸 많이 많이 봤으면 좋겠어." 아들의 작은 머리가 점점 아래위로 움직였다. 몸 전체에서, 내쉬는 숨에서 평소의 밝은 기운이 돌아온 게 피부로 느껴졌다.

"좋아, 이제 그러면." 나는 말을 이었다. "엄마한테 가자. 이번에는 엄마에게 고맙습니다, 하고 이야기하는 거야. 알겠지?" "응!" 아들은 씩씩하게 대답했다.

그 뒤로 10여 년이 지났다. 아들은 대학에서 사회복지학을 공부하고 훌륭한 졸업논문을 썼다. 대학원에 가서 나와 같은 길을 걷겠구나 했는데, 육상경기에서 좋은 성적을 받아 실업단 선수로 채용되었다. 어릴 때 산에 많이 데리고 다닌 덕분인지, 아니면 돌연변이 재능이 있었는지. 그리고 2021년 도쿄 패럴림픽에서는 마라톤 경기에서 그렇게 소망하던 동메달을 목에 걸었다.

어쨌든 우리 아들, 드넓은 미래를 마음껏 날아오르길!

나의 영국

"호리코시, 영국에 가지 않을래?" 어느 날 밤이었다. 고등학교 시절 영어 선생님에게서 갑작스러운 전화를 받았다. "네, 가겠습니다!" 나도 질세라 당돌하게 대답했다. 그리하여 그 여름에 나는 처음으로 비행기를 타고, 처음으로 국경을 넘어, 런던 교외의 한 가정에서 3주 동안 홈스테이를 했다. 대학원 1학년 여름방학 때의 일이었다.

아아, 유럽! 그 나라에 도착해 맨 처음 느낀 것이 바로 이것이었다. 영어의 울림도, 거리의 냄새도, 영어 교과서에 푹 절여져 있던 미국의 이미지와는 제법 많이 달랐다. "당신이 보고 싶은 것과 가고 싶은 곳을 알려주세요." 영국에 가기 훨씬 전부터 호스트 가족은 이런 편지를 보내주었다. 나는 제일 가고 싶은 곳으로 영국시각장애인협회RNIB: Royal National Institute of Blind People를 꼽았다. 하지만 그들은 나를 버킹엄궁전으로 데려갔다. 그들은 가는 곳마다 "요시(라고 나를 불렀다)는 니브('RNIB'를 가리킴)에 몹시 가고 싶은 모양이야. 버킹엄보다 더 가고 싶어 하니 말이야"라고 말하며 나를 소개했고, 사람들은 온화하게 웃었다. 영국에서 여왕은 신성한 존재라기보다는 오히려 누구에게나 자랑하며 뽐내고 싶은 가장 좋은 친구 같은 사람이라고 했다.

사회복지사로 일하는 호스트는 나를 복지 관련 현장 몇 군데와 담당자들의 집에도 데려가주었다. 그 무렵 일본에서는 미국에서 온 통합교육론이 주목받고 있었지만, 영국은 흔들림 없이 분리교육 정책을 이어가는 중이었다. "특별한 케어는 적절한 전문 스태프를 충실하게 갖춘 특별한 장소에서 실시하는 게 최고가 아닐까?" 이렇게 말하는 그들은 확신에 가득 차 있었다. 조금 지나서 알게 된 것은, 그들의 분리정책이란 결국 일상생활에서 이미 통합되어 있기 때문에 가능하다는 점이었다. 거리에는 다양한 장애가 있는 사람들이 아주 자연스럽게 지나다녔고, 모두 개인으로서 존중받고 있었다. 그런 광경이 몹시도 부러웠다.

그 뒤 학회 참가 등의 목적으로 영국에 두 번쯤 간 적이 있는데, 이번에 한 번 더 갈 예정이다. 아들이 런던 패럴림픽에 출장하기 때문에 관전하러 가는 것이다. 〈점자 마이니치〉에 이 칼럼이 실려 여러분이 손가락으로 만지고 있을 즈음에는 벌써 경기가 끝나고 우리도 귀국해 있을 테지만. 지금 단계에서는 어떻게든 몸의 컨디션 조절에 만전을 기하기를, 그리하여 런던 패럴림픽에서 자신의 모든 실력을 다 쏟아붓고 후회 없는 경기를 펼치기를 부모로서 간절히 바랄 뿐이다.

나는 영국과 미국 두 나라의 문화와 국민성의 차이에 관한 글을 수업 자료로 자주 사용한다. 영국은 형식을 좋아하고 변하지 않는 것을 좋아하는 반면, 미국은 "뭐 새로운 일 없어?"라는 말이 인사 대신 사용되는 나라이다. 영국은 '페어플레이'에, 미국은 '슈퍼히어로'에 열광한다. 영국은 "어쩔 수 없지"라고 하지만, 미국은 "어떻게든 되겠지"라고 한다. 같은 영어를 주요 모국어로 사용하는 두 나라가 이토록 다르다니…. 그래서 기회가 될 때마다 학생들에게 "그렇다면 일본은 어떨까요?"라고 질문을 던져본다. "굳이 고르라면 영국에 가까운 편?" 정해진 듯한 대답이 돌아온다.

그런데 그보다는 영국과 미국에는 있지만 일본에는 결정적으로 없는 하나가 자꾸 느껴져 신경이 쓰인다. 바로 '자기 자신'이다. 개인보다 전체를 중시하는 듯 보이지만, 사실 영국 사람들의 판단 기준은 결국 자기 자신이다. 스스로 납득할 수 있는지 없는지로 판단하는 것이다. 만약 스스로 납득할 수 없다면 아무리 혼자만의 생각이어도 결코 고개를 끄덕이지 않는다. 영국에서는 이를 귀부인다움, 신사다움이라고 여긴다.

"다른 나라 문화를 접하면서 가장 많이 깨닫는 것은 결국 자신의 모습이다"라고들 한다. 과연 네 번째 영국은 어떤 얼굴을 보여줄까? 그리고 나는 그 나라에서 어떤 자신과 마주하게 될까?

"그렇게 간단히 없어지겠어?"

2014년 6월 23일 새벽, 시각장애인들과 청각장애인들을 위해 수많은 공헌을 한 시오노야 오사무 선생님이 향년 70세로 세상을 떠나셨다. 선생님의 영혼이 편히 쉬시기를 진심으로 기도한다.

친구가 이 슬픈 소식을 전해준 것은 마침 〈점자 마이니치〉에 연재하는 원고를 정리할 때였다. 전화를 끊자마자 나는 쓰던 원고를 순식간에 지워버렸다. 지금은 무슨 일이 있어도 시오노야 선생님에 관해 써야 한다고 생각했기 때문이다.

선생님을 만난 것은 맹학교 고등부 2학년 때 국어 수업 시간이었다. 그때 우리 학교는 그 전해부터 교육투쟁*의 영향

---

* 1972년 11월에 도쿄교육대학부속맹학교(현 쓰쿠바대학부속 시각특별지원학교)에서 일어난

으로 혼란스러운 상황이 이어지고 있었다. 그런 사정 탓이었는지 선생님이 교단에 오른 것은 학기 중이었다. "드디어 맹학교에 왔습니다. 계속 오고 싶었거든요." 이전에는 들어본 적 없는 말이었다. 그렇게 즐겁게 말하는 선생님도 처음이었다.

시오노야 선생님은 무엇이든 정말 즐겁게 하는 분이었다. 수업도 그랬고, 점자에 대해서도 그랬다. 대학 다닐 때부터 친구를 위해 점자 번역을 많이 하셨다는 선생님은 맹학교에 부임하기 아주 오래전부터 점자를 잘 알고 계셨다. 아니, 점자를 마음속 깊이 사랑하는 분이라고 하는 편이 옳겠다.

선생님은 그 무렵에는 아직 일반적이지 않았던 대학 수험을 점자로 치를 수 있게 열렬히 지원하셨다. 휴일도 없이 학교에 나와 모의시험을 점자로 번역해주셨고, 바로 그 자리에서 답안을 묵자로 바꿔 관계자에게 송부했다. 그런 작업을 선생님 혼자, 그것도 아주 기꺼이 계속하신 것이다. 수험 공부를

학원 분쟁을 가리킨다. 물리치료(침, 뜸, 안마) 전공 계열의 고등부 학생들을 중심으로 전공투가 결성되어 물리치료 계열의 독립을 요구하며 고등부 건물을 점거했지만, 이에 반발한 고등부 학생들의 반대로 며칠 동안 자주토론이 진행되었다. 그 영향으로 와카야마 맹학교와 교토부립맹학교에서도 교육투쟁이 일어났다.

하다가 막히거나 고민이 생기면 바로 선생님에게 매달렸다. 그러면 아무리 바빠도 바로 시간을 내주고 격려해주셨다. 선생님의 도움이 없었다면 지금의 나는 없었을 것이다.

선생님은 몇 년 전부터 자택에서 요양 중이셨다. 댁으로 찾아가 선생님을 만나 뵙고 감사의 마음을 전해야겠다고 생각하는 동안 시간만 흘렀다. 그러다가 사모님이자 소프라노 가수인 시오노야 노부코에게서 선생님이 입원하셨다는 연락을 받았다. 나는 당장 병원으로 달려갔다.

"보렴, 이런 식으로 수액이 이어져 있는 거야." 선생님은 나를 보자마자 내 손을 끌어당겨 수액이 떨어지는 관을 만지게 해주셨다. 때때로 기침은 하셨지만 그리운 일이나 사람들 소식, 오늘날의 교육문제 등에 관해서 즐겁게 열심히 이야기해주셨다.

"호리코시, 점자란 말이야, 누가 뭐라 해도 사용하는 그대들의 것이네. 표현하고 싶은 자유가 얼마든지 발휘되어야 한단 말일세. 그렇게 되도록 점자문법을 확립하고 싶었어. 실제로 몇 가지 예를 들면서 비망록도 썼네. 그렇지만 점자가 문자 문화로서 역할을 하게끔 불씨를 꺼뜨리지 않고 발전시켜가는 것은 어디까지나 사용자인 그대들의 역할이라네." 소중한 것을 부탁하듯 말씀하시는 선생님의 목소리에서는 진지함과 더불어, 정말 좋아하는 것에 관해 이야기하는 사람의 온기가 느껴졌다.

친구에게서 슬픈 소식을 들은 것은 그때부터 겨우 닷새 후였다. 선생님은 돌진하듯이 인생 최후의 행보를 달리셨구나 하는 생각이 들었다. "노인 한 사람의 죽음은 도서관 한 채가 불타버리는 것과 마찬가지이다." 친구는 이런 명언을 인용했다. 노인이라고 하기에는 아직 너무 젊은 선생님의 죽음이지만, 그 말이 참으로 옳다고 생각했다. 그때 선생님의 목소리가 들려오는 듯했다. "그게 그렇게 간단히 불에 타서 없어지겠어? 내가 그렇게 둘 성싶어? 적어도 내가 점자에 쏟은 마음과 점자를 직시하는 비전만은 좀 지니고 있다가 생각날 때마다 꺼내서 읽어봐달란 말이야."

어느 선생님에 관하여

오늘은 맹학교 초등부 4학년 때부터 6학년 때까지 3년 동안 우리를 맡아주신 담임 선생님 이야기를 해볼까 한다.

　내가 다닌 니가타현립 니가타맹학교는 당시 니가타시 끝자락의 야마후타쓰에 있었다. 그 시절 야마후타쓰는 말 그대로* 전원지대였다. 근처 논에서는 개구리들의 노랫소리가 들려왔고, 그곳 공기는 이른바 '시골의 향수'라고 할 만큼 향기로웠다. 물론 길은 곧잘 진흙탕이 되었고, 운동장에서는 말라비틀어진 가재가 자주 발견되었다.

　맹학교는 학생 수도 많았고 제법 북적거렸다. 니가타맹학교도 전교생이 180명이 넘었고 초등부만 해도 30명이 넘었

---

* '야마후타쓰'는 '산이 두 개'라는 뜻이다.

다. 해마다 가을에는 전교생이 대운동회와 문화제를 열거나 초등부만으로 야구대회며 배구대회를 열었다.

담임 선생님은 언제나 벙글벙글 웃고 풍채 좋은 착한 남자 선생님이셨다. 우리는 모두 선생님 곁에 찰싹 달라붙어 있었다. 그러면서도 일단 화가 나면 누구보다 무서운 사람이리라 믿었다. 어딘지 모르게 그런 위엄이 느껴지는 선생님이었기 때문이다.

아무튼 수업을 제쳐놓고 잘도 놀았다. "선생님, 날씨 좋으니까 산책 가요.""선생님, 야구 해요!" 선생님은 절대 거절하지 않으셨다. 나중에 다른 선생님에게 들었는데, 선생님은 우리의 운동량이 눈이 보이는 아이들에 견주어 너무 적다고 생각하셨단다. 그러다 보니 아무리 놀기 좋아하는 우리도 어느 순간부터는 이렇게 말하게 되었다. "선생님, 가끔은 공부해요!" 학생들 내부에서 학습 의욕을 끌어낸다는 교육 이념을 선생님은 멋지게 실현해 보인 것이다.

6학년이 되자 우리 반은 열 명이 되었다. 선생님은 학습 진도에 맞춰 반을 세 개로 나누고, 교실을 돌아다니며 각각의 수업을 혼자 해내셨다. 거기다 묵자 교과서가 개정되면 우리 눈앞에서 점자 타자기로 겹쳐 쓰셨고, "이게 너희 교과서이다"라고 하면서 우리에게 건네셨다. 물론 거기에는 틀린 점자도 있었고, 띄어쓰기도 완벽하다고 할 수 없었다. 하지만 그런 모습을 보았기 때문에 우리도 온 힘을 다해 응답할 수밖에 없었다.

그런 선생님에게 어느 상급생이 붙인 별명은 '직면'이었다. 별명으로는 좀 이상해 보이지만, 선생님의 인격을 정말 잘 표현한 말이라고 생각한다. 이렇게 매일매일 몸으로 우리를 한 명 한 명 상대해주신 선생님을 어린 시절에 만날 수 있었던 것이 정말 다행이라고 생각한다.

지금은 분명 맹학교의 사정도, 학생들의 모습도 많이 다를 것이다. 만약 선생님이 그때 나이 그대로 타임슬립을 해서 지금 이 시대로 오면, 선생님의 그런 방식이 안 통할지도 모른다. 그러나 당시 선생님의 모습 중에는 우리가 놓치면 안 되는 보편적인 무언가가 있었다고 말하고 싶다. 이는 오늘날 대부분의 학교들이 필사적으로 찾아 헤매고 있는 것이리라. 나는 지금도 그것을 특별지원교육 속에서 찾아낼 수 있다고 믿는다.

"그때는 시간도 세상도 급하지 않고 느긋했으며, 선생

님이 아이들을 마주하는 시간도 충분했다. 아이들도 부모들도 학교의 권위를 순수하게 믿어주었던 행복한 시대였으니까."

우리는 이렇게 말하면서 모든 것을 시대 탓으로 미루고 당장에 결론지으려 한다. 하지만 '바보 같은 사람'이라고 탄식하는 이바라기 노리코茨木のり子의 목소리가 그의 시 안에서 들려올 것만 같다.* 결코 느긋했다고는 할 수 없었던 하루하루였지만, 끝까지 흔들리지 않고 소중한 것을 이어간 선생님이 분명히 계셨다. 나는 바로 그 증인 가운데 한 사람이다.

• 일본 시인 이바라기 노리코의 대표작 가운데 하나인 〈자신의 감수성 정도는〉에 나오는 구절을 염두에 둔 말. 시의 전문을 번역하면 다음과 같다. "바싹바싹 말라가는 마음을/남 탓으로 돌리지 마라/스스로 물주기를 게을리하고서 // 까다로운 사람이 되는 것을/친구 탓으로 돌리지 마라/여유를 잃은 것은 누구인가 // 짜증 부릴 때/부모 탓으로 돌리지 마라/뭐든지 서툴렀던 나잖아 // 초심이 사라져가는 것을/생활 탓으로 돌리지 마라/애초에 나약한 결심이었으니 // 잘못된 일 전부를/시대 탓으로 돌리지 마라/희미하게나마 빛나는 존엄을 포기하는 것이다 // 자신의 감수성 정도는/스스로 지켜라/바보 같은 사람아"

내로캐스트의 시대

1964년부터 NHK 라디오 제2방송에서 시각장애인을 위해 방송되는 장수 프로그램의 50주년을 축하하는 자리에는 나도 있었다. 기라성 같은 맹계 중진들이 줄지어 앉아 있어서 나 같은 사람은 애초에 낄 수도 없는 자리이지만, 한 사람의 청취자이자 일개 출연자로서 나를 키워준 프로그램에 감사하는 마음으로 말석에 앉아 있었다.

나와 이 프로그램의 관계는, 지금은 가고 없는 가와무라 슌스케河村俊介 디렉터 없이 설명할 수 없을 것이다. 1991년, 그때까지 〈맹인의 시간〉이었던 프로그램 제목을 〈시각장애인 여러분에게〉로 바꾸고 복지방송의 새로운 장을 열려 했던 가와무라 디렉터는 "지금까지와는 다른 무언가를 이야기할 수 있는 사람"을 찾았다고 한다. 그래서 당시 일본 점자도서관 관장을 지내던 다나카 데쓰지田中徹二와 상의했는데, 어찌 된 일인지 내 이름이 튀어나왔다는 것이다. 물론 나는 못하겠다고 했다. 완전히 아웃사이더나 다름없는 내가 맹계의 안내판이나 다름없는 프로그램에 출연한다니 있을 수 없는 일이었다. 그러나 그는 아주 끈질긴 사람이었다. 거절하면 할수록 더욱 강하게 요청하며 물러서지 않았다. "아니, 나는 정말로 그런 사람을 찾고 있었거든요."

그래서 복안으로 준비해둔 비장의 칼을 꺼내 들었다. "그렇다면" 나는 칼을 휘둘렀다. "프로그램 중에 5~6분 정도 제가 말하고 싶은 대로 말할 수 있는 코너를 만들어주세요. 편집은 절대 하지 말고요. 그렇게 해주신다면 출연 의뢰를 받아들이겠습니다." 이러면 끈질긴 그도 "더는 못 참겠네" 하면서 물러가리라. 이것이 내가 쓴 시나리오였다. 하지만 멋지게 당한 쪽은 바로 나였다. 긁어 부스럼이었던 것이다. 가와무라 디렉터는 손뼉을 치며 이렇게 말했다. "원하던 바입니다!! 그럼 그렇게 갑시다!" 그때부터 매달 한 번씩 나는 마이크 앞에 서게 되었다.

그 뒤 8년 동안, 물론 '편집 없이'라는 말은 지켜지지 않고 찰칵찰칵 가위질 당했다. 하지만 이렇게까지 마음대로 말할 수 있다니 잘도 허락받았네 싶을 정도였다. 아마도 시각장애인 관련 단체들, 특히 수뇌부는 내 발언이 몹시 언짢았을 것이다. 가와무라 디렉터도 실은 꽤 간담이 서늘한 아슬아슬한 상황까지 갔으리라. 그런데도 때때로 이런 목소리가 들려왔다. "비웃음 받거나 야단맞을 거라고 생각한 말도 서슴없이 해준 덕분에 속이 시원했다." 또 "시각장애인 같은 사람들은 나와 상관없다고 생각했는데, 우연히 라디오에서 이야기를 듣고 흥미가 생겼다. 그 뒤로는 매회 즐겁게 듣는다"라고 말해주는 분도 있었다. 정말 기뻤다.

　　그러던 어느 초가을 아침, 가와무라는 너무나도 일찍 천국으로 돌아가버렸다. 나는 더는 그가 손대지 않는 그 프로그램을 멍하니 들었다. 아무 변화도 없었다. 그게 더욱 괴롭게 느껴졌다. 그리고 얼마 지나지 않아 프로그램에서 하차하라는 주문을 받았다. 역시 난 어디까지나 가와무라 디렉터의 소재였던 것이다. "가와무라, 나는 당신의 작품입니다." 50주년 기념회에서 나는 다모리タモリ*의 말을 빌려 마이크를 쥐고 온 마음을 다해 말했다.

그 뒤 〈점자 마이니치〉에 칼럼을 연재하게 되었다. "그 프로그램에서 하던 말씀을 이번에는 우리 신문에서 해주세요"라는 의뢰였다. 그 취지를 얼마나 잘 살려서 쓰는지는 모르겠다. 하지만 가와무라 디렉터에게 말했던 마음이 매체의 울타리를 넘었다는 것은 분명하다.

"지금, 맹인의, 맹인에 의한, 맹인을 위한 방송이라는 것은 시대착오적입니다." 출연을 거절하기 위해 감히 이런 말을 지껄였었다. "오히려 지금은 시각장애인이 아무렇지도 않게 점자로 텔레비전 뉴스를 읽거나, 유명한 방송인이 평범한 버라이어티쇼에서 장애인을 소재로 삼거나 … 그렇게 되어야 한다고요."

"아니, 그렇지 않아요," 가와무라는 열변을 토했다. "일반인에게 널리 방송을 내보내던 브로드캐스트broadcast의 시대는 끝났습니다. 이제는 특정한 사람에게 친밀하게 이야기를

• 일본의 코미디언이자 뛰어난 사회자로 본명은 모리타 가즈요시森田一義이다. 〈오소마쓰 군〉 등으로 유명한 만화가 아카쓰카 후지오赤塚不二夫의 장례식에서 "아카쓰카 선생님, 그동안 고마웠습니다. 저도 당신의 수많은 작품 가운데 하나입니다"라는 말을 남겨 화제가 되었다.

건네는 내로캐스트narrowcast(굳이 번역하자면 '방송放送'이 아니라 방향성을 띤 '방송方送'이라고 해야 할까)의 시대입니다. 이를 이끌어가는 게 다름 아닌 복지방송입니다." 이것이 그의 예언이다. 어쩌면 오늘날의 인터넷 시대를 꿰뚫어보고 있었던 게 틀림없다.

◆

눈으로 보는 부족

너무나 어처구니없이 내 소중한 친구가 세상을 뜨고 말았다. 향년 59세. 환갑을 넉 달 남겨두고 너무 이른 여행을 떠나버렸다.

이 슬픈 소식이 전해진 것은 새해가 밝고 얼마 되지 않아서였다. 12월 31일 밤에 이야기 나눈 것을 마지막으로, 홀로 살던 집에서 1월 1일 저녁에 발견되었는데 사인은 심부전이라고 한다. 연말연시에 다른 사람들은 모르는 사이에 쓰러졌구나 생각하면 가슴이 멘다.

그와는 맹학교에서 중·고등부 6년을 함께 공부했다. 깊은 감성과 예리한 통찰력을 지닌 그녀를 나는 무엇으로도 이길 수가 없었다. 점심시간이면 교실에서는 모두 프로레슬링 놀이를 하거나 장기에 열중했다. 그녀는 시와 음악 이야기를 즐겨 했다. 문학에 조예가 깊은 그녀의 물음에 나는 몇 번이나 엉망진창으로 대답해 그녀를 실망시키고 질리게 했다.

그녀는 우리 반에서 유일한 현역 합격자로 대학에 진학했다. 전공은 일본문학인데, 그중에서도 불교문학을 공부했다. 연구를 병행하면서도 고등학교 시절부터 쓰던 시의 세계는 점점 더 깊어졌다. 또한 소설과 희곡, 예리한 연극 비평에 카피라이팅에까지 손을 댔다. 요즘에는 촉감에 정성을 쏟은 테디 베어 인형을 해마다 주제별로 진열해 전시회를 열었고, 각각의 곰인형에는 시를 농축한 듯 아름다운 캡션을 곁들였다.

〈점자 마이니치〉도 그녀의 이야기를 몇 번 실었는데, 소개문에 '○○○(전맹)' 식으로는 절대 쓰지 말아달라고 늘 부탁했단다. 마지막까지 "보이지 않으니까"로 시작되는 평가와 변명도 철저하게 싫어했던 사람이었다. 언젠가 자신이 쓴 연극 비평에 "비평가는 점자로 번역된 각본을 읽고 극장으로 직접 가서 무대에 귀를 기울인 뒤 스스로 점자로 이 평을 썼다"라는 문장이 멋대로 덧붙자, 맹렬히 분개하며 내게 전화를 걸어왔다. 보이지 않는다는 '상황'에만 눈이 먼 나머지 실질적인 측면은 똑바로 마주하려 하지 않는다. 그 때문에 더 높이 평가받아야 할 좋은 재능을 그냥 지나쳐버리는 경우가 너무나 많다. 우리는 길고 긴 통화에서 그런 이야기를 나누었다.

그녀는 이른바 미술관의 배리어프리를 외치기 아주 오래전부터 촉각의 미적 풍요로움을 이야기해왔다. 특히 야마다 무네무쓰山田宗睦가 엮고 쓴 《손은 무엇을 위해 있는가手は何のためにあるか》에 수록된 〈감촉은 무엇을 보는가〉라는 글은 그 결실이라고 할 수 있을 정도로 압권이다. 그 글에서 그녀는 너무나 많은 이들이 눈으로 보는 것만으로 전부를 이해했다고 착각하며, 만져봐야만 비로소 느낄 수 있는 풍요로움이 있다고 우리가 아무리 이야기해도 그들은 전혀 손을 뻗어볼 생각을 하지 않는다고 했다. 그녀는 눈으로 보는 사람들의 그런 '욕심 없는 마음'과 '거침없음'을 안타깝게 여겼다. 이런 것은 눈이 보이는지와 상관없이 많은 사람들이 읽으면 좋은 수필이라고 생각한다. 내가 자주 빌려 쓰는 '눈으로 보는 부족', '눈으로 보지 않는 부족'이라는 말도 그녀가 만들었다.

반골정신으로 가득 찬, 그러면서도 한없이 상냥하던 그녀도 이제는 세상에 없다. 내가 쓴 기사를 읽고 "이게 뭐냐?"고 하거나 "그 조사의 사용법은 이상해"라며 예리하게 파고들던 사람이 떠나버렸다. 아니다, 그렇지 않다. 옛날보다 훨씬 더 빈번하게(라기보다는 거의 항상) 찾아와 "너 그런 생각을 하는구나" 하고 빈정대거나 "오, 잘하는데!" 하고 격려해주는 기운을 나는 느낀다.

형태가 없는 그리고 모든 곳에 존재하는 세상(존재하지 않는 곳이 없는 세상)으로 나보다 먼저 훌쩍 떠나버린, 무엇과도 바꿀 수 없는 나의 벗이여. 그 영혼이 편히 쉬도록 마음속 깊이 기도한다.

리우데자네이루의 바람

지금 나는 일본에서 봤을 때 지구 반대편에 있는 브라질에서 원고를 쓴다. 리우데자네이루 패럴림픽 마라톤 경기에 출전하는 아들 호리코시 다다시堀越信司를 응원하러 왔다.

알다시피 남반구는 북반구의 일본과 계절이 정반대이다. 9월인 지금은 겨울에서 봄으로 넘어가는 3월쯤에 해당한다. 그러나 이곳은 일본보다 위도가 낮기 때문에 아무튼 덥다. 기온은 매일 35도까지 올라가는데 바람은 제법 상쾌하다. 장마가 시작되기 전 5월의 더운 날 같은 느낌이랄까.

"리우는 위험해." 일본을 떠나오기 전에 이런 말을 무척 많이 들었다. 호텔에서도 예상대로 비슷한 말을 했다. "이 거리에는 아예 발을 들여놓지 않도록." "여권은 반드시 금고에 넣어 잠가둘 것." "손목시계와 결혼반지는 풀어두는 것이 좋다." 이런 조언을 속사포처럼 늘어놓더니 "뭐, 금이나 100만 달러 정도를 슬쩍슬쩍 보여주지만 않으면 괜찮을 거야"라고 덧붙인다. "그런 거 애초에 갖고 있지도 않다고요"라고 하자 "나도 그래" 하고 되받아친다. 그런 이야기를 나누면서 재빨리 마라톤 코스에 포함된 코파카바나Copacabana 해변길로 산책을 나갔다.

카리오카Carioca(리우데자네이루 시민)들은 친절하다. 흰 지팡이를 짚고 걷는 내게도 모두 아무런 주저 없이, 젠체하지 않고 배려해주었다. 포르투갈어를 몰라 전혀 알아들을 수 없었지만, 길 가는 사람들 누구나 가볍게 이야기와 웃음을 나누었고 물건을 나누어 가지기도 했다. 그런 사람들의 끝없이 밝은 목소리, 코파카바나의 파도 소리와 삼바 리듬에 휩싸여 바닷바람을 맞으면서 갓 나온 생선튀김과 함께 들이켰던 맥주는 각별하다!(시합을 기다리는 아들에게는 조금 미안한 기분이 들었지만.)

경기 당일, 아침 9시에 시작이라는데 이미 태양이 뜨겁게 내리쬐고 기온이 많이 올라가 있었다. 여기저기에 설치된 스피커에서는 수분을 자주 섭취하고 자외선차단제를 바르는 등 무더위 대책을 철저히 하라는 안내방송이 거듭 흘러나

왔다. 경기는 코파카바나 해변길 4킬로미터 정도를 다섯 번 왕복하는 것이다. 전날 선수촌을 방문했을 때 아들은 아주 활기 넘치고 즐거워 보여서 마음이 놓였다. "컨디션은 어때?" 하고 묻자 "보통"이라고 한다. "그래도 괜찮겠어?" "보통이 제일이지." 아비로서 바라는 것은 그저 하나, '무사히 완주하는 것'뿐이다. 해변도로 여기저기에서는 끊임없이 삼바 리듬이 큰 소리로 흘러나오고 있었다.

아들은 리우데자네이루의 바람과 일본에서 성원을 보내준 많은 사람들의 기대를 안고, 순풍에 돛을 단 배처럼 42.195킬로미터를 완주했다. 아들은 4위로 입상했다. 계속 맨 앞에서 달리던 선수가 중도에 기권할 정도였으니 그냥 달리는 것만으로도 몹시 가혹한 조건의 경주였을 것이다. 물론 제 앞을 달리는 선수와 접촉해 넘어지고 만 것은 정말로 안타깝게 생각하지만, 마지막까지 경기를 포기하지 않았다. 그것만으로도 우리는 아들이 무척 자랑스럽다.

시합 직후 아들을 만나러 갔다. 시합에 힘을 다 써버린 아들의 목소리는 매우 상쾌했다. 경기를 냉정하게 분석하는 머릿속에는 벌써 다음 경기인 도쿄 패럴림픽에 대한 비전이 형태를 갖추고 있는 듯했다.

아들 일이 아니었다면 방문하지 않았을 지구 반대편에서 우리는 1년 치 연재로도 모자랄 만큼 귀중한 경험과 멋진 만남을 얻었다. 하나하나가 이제까지의 우리와 전혀 다르고 앞으로의 우리를 만들어줄, 무엇과도 바꿀 수 없는 재산이다. 아들에게도 그때의 한 걸음 한 걸음이 이제부터의 한 걸음 한 걸음을 완전히 새롭게 만들어줄 것이다. 무이투 오브리가두 Muito Obrigado(정말 고맙습니다), 리우데자네이루!

✦

괜찮냐는 말을 듣지 않고
여행하는 기분

아이슬란드에 다녀왔다. 북위 66도에 자리 잡은 아이슬란드는 하지가 가까워오면 밤 10시가 되어도 일본의 오후 3시 같은 느낌이었다. 밤중에 잠이 깨도 창밖에서는 언제나 새소리가 들렸고, 햇살은 제법 따가웠다. 맑은 날은 일본의 4월 초, 흐린 날은 11월 말의 느낌이다. 날씨는 쉽게 변해서, 맑은 줄 알았는데 갑자기 굵은 빗방울이 후드득 떨어진다. 그렇지만 보통은 우산을 갖고 다니지 않는다. 바람이 강해서 아무 도움이 안 된다고 한다. 그리고 깜짝 놀랄 만큼 물가가 비싸다!

거기서는 아무튼 걸었다. 경도로 치면 일본의 약 180도 반대편에 있는 그 땅에서는 일본과 반대로 지하의 판板이 해마다 조금씩 벌어진다고 했다.* 그 때문에 일본과 마찬가지로 화산활동이 활발하고, 여기저기에 산과 화구가 있으며, 온천이 솟아나오고 지진이 빈번하다는 것이다. "이 아래에는 판이 없어요"라는 말을 듣고 나니 속이 울렁거렸다.

그리고 빙하가 천천히 움직이고 있었다. 이것이 예전에 일본 근처까지 흘러왔던 걸까? 한동안 태곳적 세계에 관한 생각에 잠겼다. 동시에 "몇 년 전만 해도 얼음이 ○○까지 왔는데 지금은 ○○까지"라는 이야기를 들으면 오늘날의 심각한 온난화 현상과 지구의 미래를 생각하지 않을 수 없다.

빙하 가운데를 파서 만든 얼음동굴은 관광지였는데, 우리도 신발에 아이젠을 붙이고 얼음구멍으로 걸어 들어갔다. "여기에서 노래를 부르면 목소리가 얼음벽에 반사되어 울림이 아주 좋습니다. 누구 노래 불러볼 사람 있나요?" 가이드는 왜인지 나를 불러서 "당신은 어디에서 왔나요?"라고 물었다. "일본"이라고 답하자 갑자기 나를 사람들 앞으로 끌어내더니 "자, 이제 이 남자분이 일본 노래를 할 테니 잘 들어보세요!"라고 한다. 너무 강제로 시키는 바람에 놀라기도 했지만, 어쩔 수 없다 싶어서 각오한 뒤 빙벽에 목소리를 반사시키며 열심

● 일본에서는 각기 다른 세 개의 판이 충돌해 지진이 일어난다.

히 〈사쿠라 사쿠라〉*를 불렀다. 우아, 엄청 기분이 좋잖아! 정말 좋은 경험이었다.

수도 레이캬비크 외곽의 선착장에서 15분쯤 떨어진 곳에 비데이라는 작은 섬이 있다. 북해의 파도 소리와 바닷새의 울음소리를 들으며 한나절 정도 섬을 일주할 수 있는데, 그러는 동안 거의 마주친 사람이 없었다. 섬의 한구석에는 오노 요코가 세상을 떠난 남편 존 레넌을 그리워하며 지은 '이매진 피스 타워'가 서 있다. 타워 벽에는 다양한 나라의 언어로 "IMAGINE PEACE(평화로운 세계를 상상해보라)"라고 새겨져 있다. 말할 필요도 없이 이는 존 레넌의 명곡 〈이매진Imagine〉에서 따온 말이다. 이 기념탑을 짓기 위해 오노 요코가 이 땅을 선택한 이유와 그의 바람이 절절히 전해져왔다.

트래킹도 즐겼다. 빙하에서 아플 정도로 차가운 물이 떨어져 내려오는 길을 게걸음으로 걸어서 통과한 적도 있다. 별명이 야만바山姥**인 아내에게는 좀 부족했다고 하지만 내게는

• 일본 민요 가운데 하나. 푸치니의 오페라 〈나비 부인〉에도 쓰인 곡으로 유명하다.
•• 깊은 산속에 산다는 노파 모습의 일본 요괴. 산을 잘 탄다는 뜻으로 쓴 듯하다.

충분히 즐거운 트래킹이었다. 일정을 전부 마치고 가이드에게 "나처럼 눈이 보이지 않는 사람을 안내한 적이 있습니까?"라고 물어봤더니 "없었어요"라고 한다. "아주 잘 안내해주신 덕분에 안심하고 걸을 수 있었습니다"라고 감사의 말을 건네자 아무렇지도 않게 "아니에요, 잘 걸으셨어요" 하고 답한다. 그러고 보니 가이드에게서 (아니, 이 여행 중에 아무한테도) "보이지 않으니 불가능하다"거나 "괜찮으냐"는 말을 들은 적이 없었다. 보이는지 여부와 상관없이 한 사람의 어른으로 존중하고 신뢰해주었다는 방증일 것이다. 정말 기분이 좋았다.

일본으로 돌아와 공항에서 리무진버스를 타려 할 때 담당자가 와서 말을 걸었다. "이 버스는 계단이 있어서 손님에게는 위험하니, 계단 없는 버스를 준비하겠습니다. 1시간 정도 여기서 기다려주십시오." 나는 마음속으로 절규했다. "오오, 나의 그리운 일본이여!"

장애인을 대하는 법

어느 아침, 나는 전철을 타고 있었다. 전철 안은 그렇게 복잡하지 않았다.

'그렇게 복잡하지 않은' 것이 우리에게는 제일 어려운 상황이다. 엄청나게 복잡하다면 빈자리가 없으리라는 것을 바로 알 수 있다. 그러나 애매하게 비어 있으면 '어디에 빈자리가 있을지도 모르는데' 하며 엿보고 싶은 마음이 스멀스멀 기어 나온다. 그렇다고 지팡이로 사람들 무릎을 짚어본다면 이 얼마나 비열하고 무례한가. 그러니 어쩔 수 없이 손잡이를 붙잡고 매달려 있을 수밖에.

마음속으로 '빈자리가 나면 알려주세요'라고 의미 없이 부르짖는다. 하지만 빈자리를 눈앞에 두고도 당당히 손잡이를 붙잡고 있는 사람을 보면 누구든 이 사람은 스스로 앉지 않겠다고 선택한 사람으로 볼 것이다. 그래서 대부분은 아무도 말을 걸어주지 않는다.

그날 아침은 달랐다. 같은 역에서 함께 전철을 탄, 나와 연배가 비슷한 듯한 남성이 말을 걸어왔다. "여기 자리 비었어요." 그리고 내 팔을 붙들고 자리로 데려가주었다. 감사하다 전하고 자리에 앉자, 그 사람도 내 옆에 앉아 "세 개로 이어진 자리의 한가운데에 앉았어요"라고 정중히 가르쳐주었다.

우리에게 말을 거는 방법에 어떤 적당한 매뉴얼이 있다고 생각하지는 않는다. 물론 갑자기 소매를 붙들고 잡아당겨서 앉히려 하거나, 부탁하지도 않았는데 "여기 눈이 불편한 사람에게 자리를 양보해주십시오!"라고 큰 소리로 외치는 사람은 논외로 하자. 그러면 안 된다. 아무튼 자주 이야기되는(나도 자주 한다) "어디 가니?"라든가 반말 같은 것은 어떤 태도로 말을 거느냐에 따라 오히려 상쾌하게 느껴질 때마저 있다.

중요한 것은 그 사람의 마음속에 우리가 존재하는가이다. 이는 우리에게도 그대로 적용할 수 있다. 누가 말을 걸었을 때, 무엇이 됐건 먼저 스스로 선의를 받을 준비가 되어 있는지에 따라 상황이 달라진다. 거절을 하더라도 매정하게 굴어 그 사람 마음에 상처를 남길지 아닐지가 결정된다. 다시 말해, 서로의 마음이 향하는 방향이 중요하다. 완전히 자기만 보는지, 아니면 상대방을 제대로 향하는지 말이다.

많은 사람들이 느끼고 있지만 실은 모르는 것이 있다. 의외로 우리도 말을 걸고 싶은데 불가능한 경우가 있다는 점이다. 이를테면 누가 자리를 양보해주거나 빈자리를 알려주었다고 하자. 그러면 전철에서 내릴 때 가볍게 인사하거나 고개라도 살짝 숙이고 싶은 법이다. 그런데 생각처럼 쉽지가 않다. 무엇보다 그 사람이 아직 전철 안에 있는지를 알 수가 없다. 아직 타고 있다 해도 어디에 있는지 알 도리가 없다. 어쩔 수 없이 아무 말도 못한 채 자리를 떠날 수밖에 없는데, 그럴 때면 뭐랄까 엄청나게 예의를 모르는 사람이 된 듯하다.

그날 아침은 달랐다. 내려야 할 역에 도착했을 때 그 사람이 아직 옆에 앉아 있는 걸 알았으니까. 아이고, 잘됐구나 싶어서 나는 내릴 때 그 사람을 향해 가볍게 고개를 숙이며 "실례했습니다"라고 인사했다. 그러자 그 사람은 "좋은 하루 되세요"라고 했다. 나는 그날 온종일 기뻤다. 분명 그 사람도 온종일 기분이 좋았을 것이다. 우연히 만난 우리의 마음에 기쁨이 오간 것이다.

대학 시절에는 캠퍼스를 걷고 있을 때 유학생 한 사람이 내게 말을 걸며 안내를 해주었다. 목적지에 도착해 고맙다는 말을 전하려 하는데, 그가 먼저 "생큐"라고 했다. 내가 깜짝 놀라자 그가 이렇게 말했다. "도울 수 있게 해주셔서 감사합니다." 나는 감동했다! 단순한 우연을 넘어 더욱 커다란 것에 감사하는 시선이 보였기 때문이다. "모든 만남은 그분의 손에." 우리 교회에서 부르는 성가의 한 구절이다.

전철 일에서 한 가지 아쉬웠던 점이 있다면, 불시에 맞닥뜨린 큰 기쁨 때문에 그 즉시 "당신도요"라고 말하지 못한 것이다.

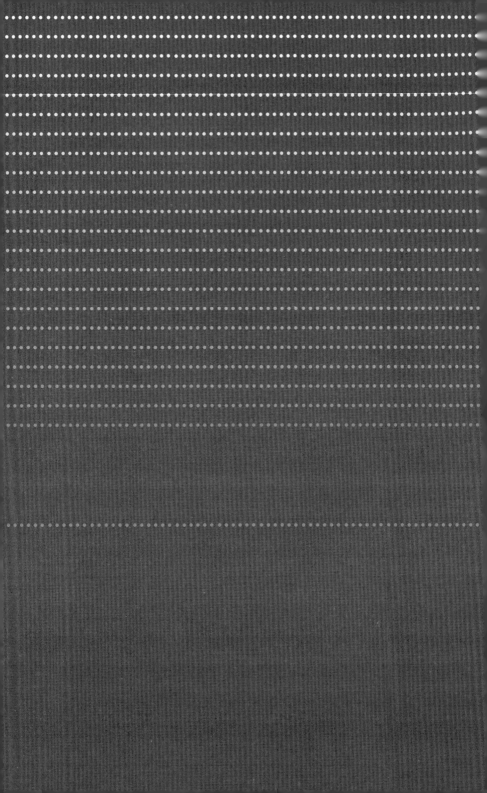

계란으로 바위 치기

"자아를 잃은 사람들은 서로 매우 닮았다."
시인 다니카와 슌타로谷川俊太郎는 50년도 전에
애달프게 노래했다. 지금 이 구절은
예언의 말처럼 마음을 울린다.
코로나 시대에 우리는 마치 속옷을 입듯
마스크로 얼굴을 덮고 있다. 코로나의 맹위가
수그러진 뒤에도 우리는 자신의 페르소나(인격)를
유지할 수 있을까.

고맙지 않은 배리어프리

충격이었다. 시각장애인 안내견이 찔리는 사건에 이어 맹학교를 다니는 소녀가 등굣길에 발길질을 당하는 사건까지 일어났다. 이 살벌함을 뭐라 하면 좋을까!

제법 오래전에도 이런 뉴스를 듣고 큰 충격을 받은 적이 있다. 전철역 플랫폼을 걸어가던 전맹 시각장애인 남성이 젊은이들에게 집단폭행을 당하고 휴대전화 등을 빼앗긴 것이다. "마침내 이런 시대가 왔단 말인가!" 나는 개탄했다.

생각해보면, 우리처럼 범죄의 먹이가 되기 쉬운 존재가 없다. 범인의 얼굴, 복장, 차 번호판을 진술할 수 없지 않은가. 습격할 때도 굳이 어두운 곳에 숨어서 벼르는 번거로운 일을 할 필요가 없다. 도망갈 때도 달려갈 필요조차 없을 때가 있다. 그런데도 오늘날 우리를 표적으로 한 범죄는 그 빈도가 놀라

울 정도로 낮다. 아마도 장애인을 범죄나 폭력의 대상으로 삼는 짓은 비열하다는 불문율 같은 것이 사람들 마음속에 있기 때문일 터이다. 우리는 그런 아슬아슬한 도덕에 기대어 근근이 살아가는지 모른다. 그러나 최근 이 도덕률의 틀을 유지해주던 나사가 너무나 심하게 풀려버린 느낌이 든다. 어쩌면 가까운 시일 내에 정말 고맙지 않은 '배리어프리'가 범죄의 세계에서 실현될지도 모르겠다.

이 역시 제법 옛날 일이다. 〈점자 마이니치〉의 한 기자가 이런 내용을 쓴 적이 있다. "역 계단의 손잡이에 붙어 있는 점자가 딱딱한 무언가에 쓸려서 망가진 듯 마모된 것을 가끔 발견한다. 도대체 어떤 마음으로 그런 짓을 하는 걸까." 나도 몇 번 본 적이 있다. 점자는 점 하나가 있느냐 없느냐에 따라 전혀 다른 문자가 되어버린다. 특히 숫자는 그 영향을 헤아릴 수 없을 정도이다. 곧 나올 플랫폼의 번호와 노선 정보가 완전히 다르게 바뀌기 때문이다. 과연 이런 상황을 알고 의도적으로 벌이는 짓일까? 아니, 그렇게까지 생각하진 않는다. 분명 과자 포장지 따위로 쓰는 올록볼록한 비닐에 붙은 뽁뽁이를 터뜨리는 듯한 감각이었을 것이다.

"그 사람 처지에 서보라!" 이럴 때 곧잘 듣는 말이다. "만약에 네가 그런 일을 당했다면 어떨 것 같아?" 친구를 괴롭힌 학생에게 교사는 늘 이렇게 묻는다. 하지만 내게는 이런 말이 너무 공허하게 들릴 뿐이다. 아마 그런 사람들은 애당초 "다른 사람의 처지가 되어본다"는 경험을 아예 해본 적이 없을 것이다. 다른 사람의 아픔과 슬픔에 공감대를 형성해서 아파하고 눈물을 흘리며 후회할 수 있는 행복을 모르는 채 살아왔을 것이다. 다른 사람을 기쁘게 하고 고마워한다는 지상의 기쁨을 배우지 못한 채 살아온 것이리라. 그러니 이 말은 그런 사람들의 고막은 진동시킬지언정 심금을 울리지는 못한다. 나는 이 일련의 사건을 통해 사람의 마음속에 자리 잡은 어둠을, 또 현대에 급속히 퍼져나가는 듯 느껴지는 도덕의 사막화를 보고 말았다.

장애인이란 어떤 면에서는 세간의 도덕의식을 몸으로 체화해 보여주는 리트머스 시험지 같은 존재라고 생각한다. 이렇게 말하면 장애인이 주변 분위기에 휩쓸리고 인정에 기대어 살아갈 수밖에 없는 덧없는 존재처럼 보일지도 모르겠다. 그렇지만 애초에 사람이 다른 사람들과의 관계나 도덕 없이 '인간답게' 살 수 있을까. 이처럼 우리는, 아무리 시대가 변해도 사람은 관계 속에서 생각해주고 배려해주는 행동을 통해 비로소 진정한 마음의 만족을 얻을 수 있다고 선명하게 증언하는 빛과 같은 존재가 아닐까 한다.

지팡이 감각

흰 지팡이를 들고 회의장에 들어가려던 방청객이 저지당하는 사건이 연달아 일어났다. 담당 직원에게 맡기거나 잘 접어 가방에 넣으라는 주의를 받았다는 것이다. 〈점자 마이니치〉 기사에 따르면 심지어 "(흰 지팡이를 쓰는) 당사자는 그럴 마음이 없더라도 회의장으로 집어 던지거나 다른 사람이 휘두르거나 해서 흉기가 될 가능성"이 있기 때문이라고 했단다.

"이게 무슨 소리야?!" 기사를 읽자마자 이런 생각이 들었다. 애초 다른 사람의 흰 지팡이를 빼앗는 것도 실례인데, 휘두르거나 집어 던지기까지 한다니! 도무지 그림이 그려지지 않는다. 단지 내 상상력이 부족해서일까?

우리에게 흰 지팡이는 도대체 무엇인가? 이런 일이 생기면 생각해보지 않을 수 없다. 앞서 기사에는 "눈 대신"이라는 말이 몇 번이나 나왔다. 하지만 내가 대학에서 들은, 의학적 모델의 관점 위에 세워진 심신장애학 수업에서는 흰 지팡이를 분명 손의 대용품이라고 가르쳤다. 그렇다면 우리는 항상 손으로 더듬어가며 길을 걷는다는 말인데…. '과학'이 뭐라 하든 그것은 우리가 느끼는 감각과 다르다.

내가 걷는 모습을 보고 사람들은 종종 이렇게 말한다. "너 뭐 하러 지팡이를 짚는 거야? 지면을 제대로 두들기지도 않잖아?" 듣고 보니 맞는 말이다. 특히 익숙한 길을 걸어갈 때는 발 앞의 공중에서 좌우로 휘두를지언정 고지식하게 땅을 두들기지는 않는다. 하지만 그렇다 하더라도 지팡이를 들지 않고 걸어보라고 한다면, 불쌍하게 고개를 숙이고 발로 더듬으며 느릿느릿 걸어갈 수밖에 없을 것이다. 똑바로 서서 얼굴을 들고 당당하게 가슴을 편 채 걸을 수 있게 해주는 흰 지팡이는, 정신적인 면에서 우리 눈에 해당한다고 나는 생각한다.

어떤 선배는 이렇게 이야기한다. "흰 지팡이는 무사의 혼 같은 것이다. 그러니 한시도 손에서 떼어놓을 수 없다." 우아, 감동적이다! 그러고 보니 선배는 언제나 휴대하기 편리한 접는 지팡이가 아니라 접을 수 없는 긴 지팡이를 들고 다녔다.

이렇게 생각하니 크게 반성되는 점이 있었다. 나는 항상 지팡이를 아무 데나 던져놓았다가 나중에 어디 있는지 몰라 소동을 벌이며 찾으니 말이다.

흰 지팡이를 쓰는 당사자가 이런 사람인 탓도 있을 수 있지만, 흰 지팡이를 대하는 일반 사람들의 인지도는 몹시 낮은 듯하다. 가끔 흰 지팡이를 '막대기'라고 하는 사람도 있는데, 그러면 아무리 나라도 좀 화가 난다. 그러니 '무사의 혼'에 견줄 정도로 경의를 표하는 사람이 얼마나 될까.

제법 오래전 일이지만, 국회 질문 중에 방청석에서 의원을 향해 신발을 던지는 사건이 있었다. 그때 의원 이름이 구쓰누기 다케코沓脱タケ子였기 때문에 잘 기억하고 있다.* 그렇다고 국회의사당에서 신발 착용이 제한되었다는 이야기를 들은 적은 한 번도 없다. 국회의원인 친구에게 물어보니 아무리 뾰족한 하이힐을 신어도 문제가 없다고 한다. 참으로 이상야릇한 일이다. 신발은 문책 없이 방면되는데, 흰 지팡이는 혐의가 있

---

* 한자 표기는 다르지만 '구쓰누기'의 발음이 신발을 벗는다는 뜻의 단어인 '靴脱ぎ'와 같다.

다고 여겨지는 걸까. 이렇게 말하면 '그거야말로 이상하고 구질구질한 논리'라고 하려나. 그러나 내게는 다른 사람의 흰 지팡이를 흉기로 사용하는 것이 가능하다는 논리보다는 이상해 보이지 않는데 어쩌란 말인가.

국회의사당에 들어갈 때 신발을 담당자에게 맡기거나, 벗어서 가방에 넣어두고 맨발로 가라고 한다면 어떨까? 아마도 적지 않은 사람이 너무하다고 생각할 것이다. 흰 지팡이도 마찬가지, 아니 분명 그 이상이다. 우리에게 흰 지팡이는 단순한 도구가 아니다. 이러한 일련의 사건이 한 명이라도 더 이 사실을 알게 되는 데 일조하기를 간절히 바란다. 동시에 우리 자신도 흰 지팡이를 가볍게 여기거나 다른 사람 앞에서 부끄러워하는 습관이 있다면 이번 기회에 꼭 고쳤으면 한다.

1호 사건

놀랐다. 아니, '또?'라고 생각했다. 오카야마단기대학에서 야마구치 유키코山口雪子 부교수가 수업권을 빼앗긴 사건이다. 게다가 유엔의 〈장애인 권리협약〉 비준과 함께 일본의 장애인 관련 법률이 검토·개정되어 그 시행을 바로 코앞에 두고서….

　　현시점에서 내가 파악한 것은 대충 이 정도이다. 야마구치 부교수는 오카야마단기대학에서 환경교육 강의를 맡고 있었다. 어느 날 세미나 수업 중에 한 학생이 선생님의 눈이 거의 보이지 않는다는 것을 빌미로, 발칙하게도(또는 그것이 도덕적이지 않다는 인식 자체마저 없었을지 모른다) 밥을 먹었다는 것이다. 그런데 어찌 된 일인지 선생님에게 직접 알려지지 않고 대학본부가 먼저 알게 되었다고 한다. 대학본부는 "학생들에게 양질의 교육을 담보해야 하는 본교의 책임이 아니라 할 수 없다"면서 그 학생이 아니라 야마구치 부교수에게 수업 중지와 연구실 퇴거, 사무직 전환이라는 징계를 내렸다.

"아이고, 아까워라!" 이 이야기를 듣고 내 입에서 나온 첫마디였다. 그 대학은 다시 없을 좋은 교육의 기회를 스스로 쓰레기통에 버렸다. 이 일을 통해 학생들이 사람으로서 부끄러워해야 할 일을 그리고 꼭 지켜야 할 최소한의 도덕을 몸소 익히게 할 수 있을 터였다. 그것이야말로 학생에게 담보해야 할 양질의 교육이 아닐까. 더구나 수업을 듣던 학생들 중에는 어린이집 보육교사 지망생이 많았다. 보육교사란 마음의 바탕을 형성하는 매우 중요한 시기인 유소년기의 아이들을 인도하는 일을 하는 사람들이 아닌가.

이해가 잘 되지 않는 점이 있다. 교육의 질에 대해 이렇게까지 높은 의식 수준을 유지하는 대학이라면, 지금껏 수업 중에 스마트폰을 즐기거나 잠을 자는 학생들을 그냥 내버려둔 교원들에게도 "수업 수행능력 없음"을 이유로 같은 처벌을 해왔다는 걸까. 만약 그렇다면 이렇게까지 철저한 교육을 시행해 온 대학에서 어찌하여 그런 발칙한 학생이 나올 수 있었을까.

보도에 따르면, 야마구치 부교수는 2년 전에도 보조 직원이 확보되지 않았다는 이유로 퇴직 권고를 받았다고 한다. 그러고 보니 나도 어떤 대학에서 해고당할 때 그전부터 대학과 연락이 잘 안 된다든가, 그때까지는 순조롭게 해주던 지원이 조금씩 퉁명스러워지거나 한 일이 있었다. 이번 사건이 내게는 대학 쪽에서 장애 있는 교원에 대해 담보해야 할 '합리적 배려'를 하지 못한 것이라고밖에 생각되지 않는다. 또한 수업 중 학생의 음식물 섭취는 대학 쪽 주장의 합리성을 담보하기 위한 좋은 근거로 편리하게 사용되었다고밖에는 생각할 수 없다.

당연하게도 야마구치 부교수는 소송을 제기했다. 장애인을 둘러싼 새로운 법제도 아래에서 싸우는 제1호 사건으로, 앞으로 일본의 행방을 점치는 시금석이 될 게 틀림없다. 외면하지 않고 끝까지 지켜보리라.

작가 무라카미 하루키村上春樹는 이렇게 말했다. "소설을 쓸 때, 나는 언제나 강자인 바위가 아니라 약자인 계란 쪽에 서려 한다." 오카야마단기대학의 학장은 이렇게 말했다. "우리는 질 높은 교육을 받을 권리가 있는 학생들의 입장에 섰다." 이 사건 앞에서 내 견해는 다음과 같다. 나는 교육의 본질을 추구하기 위해 유연한 시각을 취하며, 스스로 변화해가는 번거로움을 꺼리고, 약한 처지에 선 사람을 재빨리 잘라내면서 자신은 완고하게 변하지 않으려 하는 바위인 대학 편에 서지 않으리라. 시력장애를 빌미로 생사여탈권을 대학 쪽에 빼앗긴 계란, 야마구치 부교수 편에 서리라.

찬양과 우롱 사이

2014년에 일어난 사무라고치 마모루佐村河内守의 사건을 기억하고들 계신지. 이미 인터넷과 주간지 등에서 다양한 정보와 의견이 개진되었으니, 이제 와서 나 같은 사람이 이야기할 만한 것은 하나도 없을 터이다. 사건에 불을 붙이는 역할이었다고도 할 수 있는 NHK를 비롯해 각 신문들도 잇달아 '검증'을 위한 방송이나 기사를 내보냈다. 그런데도 내게는 표현하기 어려운 기분 나쁜 응어리가 여전히 불식되지 않은 채로 남았다.

사무라고치 마모루는 피폭 2세이자 전혀 들리지 않는 전농全聾의 작곡가를 자처했지만, 실제로는 진짜 작곡가를 고스트라이터로 고용해 작곡을 시켰다. 의수를 착용한 바이올린 연주자 또는 대지진으로 부모를 잃은 소녀를 위해서라며, 허공에서 보이지 않는 실을 자아내 허상의 비단을 짜듯 이미지를 교묘하게 섞어 '아름다운 이야기'를 직조해냈다.

"영혼의 선율", "현대의 베토벤"…. 매체들은 한결같이 달려들었다. 마치 '심성이 나쁜 사람 눈에는 보이지 않는 것'이라는 마법에라도 걸린 듯 이상한 분위기를 만들어냈다. 모두 열심히 이 '영혼의 악곡'에 귀를 기울였으며 열정적으로 찬양했다. 그런데 갑자기 이런 소리가 들려왔다. "저 녀석은 벌거숭이이다." 이번에는 모두가 일제히 그를 비웃었다. 바로 지금까지 그렇게 떠받들던 것을 완전히 잊은 걸까. 이런 내용이 내가 읽은 이야기의 줄거리이다.

각 매체의 '검증 보도'에서는 이런 목소리만 들려온다. "왜 알아채지 못했을까." "이야기의 매력에 빠져들지 않을 수단은 과연 없었을까." "정말 그게 문제인 것 같아?" 내 마음속에서는 갈 곳을 모르는 외침이 허무하게 메아리친다. 이야기를 이토록 항거 불능으로 만들어놓은 원인이야말로 매체들이 '검증'해야 하는 것 아니었을까?

항상 너무 신기한 것이 있다. 어째서 장애를 지닌 예술가가 나오는 콘서트와 전람회에는 정해놓은 듯 '영혼의', '마음의', '생명의' 같은 수식어가 붙지 않으면 안 되는 걸까? 예술가란 장애가 있든 없든 누구나 자신의 예술에 혼을 불어넣으며, 마음속의 무언가를 목숨 걸고 표현하려 할 텐데 말이다. 어쩌면 '장애가 있어도 열심히 하고 있으니 기술이나 기법이 다소 부족하더라도 눈감아주자'는 것일까. 그렇다면 장애인 예술가를 이보다 더 우롱하는 이야기는 없을 것이다. 아니면 "그들은 '정상인'은 범접할 수 없는 이계의 아름다움을 보고 있다"는 신화 때문일까.

뭐가 됐든 장애인에 관한 이런 미숙한 의식이 이 수식어들 아래 장애인이 만들어낸 예술 그 자체에서 사람들의 눈을 돌리게 하고, 일률적으로 '아름다운(또는 씩씩한) 이야기'로 봉인해버리는 게 아닐까. 그리고 조금이라도 예술의 내용으로 들어가 비평하려 하면 '인정머리 없는 녀석', '장애인의 아픔도 모르는 녀석'이라고 딱지를 붙이고 논단에서 쫓아내버리는 풍조가 생겨난 건 아닐까. 사무라고치 마모루는 장애인이 예술가일 때 그 주변에서 일어나는 일을 잘 숙지한 뒤 멋지게 허를 찌른 천재적인 사기꾼이었던 듯하다.

한 해가 저물어가는 시기에 베토벤 교향곡 제9번을 들으면서 '소리를 잃어버린 작곡가의 영혼의 외침'이라는 등의

생각을 하는 사람이 과연 존재할까? 새해를 맞이해 고즈넉이 흘러나오는 〈봄바다春の海〉를 '전맹의 작곡가가 마음의 눈으로 본 풍경'이라고 생각하면서 듣는 사람이 과연 있을까?

시간이라는 용서 없는 용광로에서 정련되어 온갖 잡스러운 것이 다 타버린 뒤에 남은 반짝반짝 빛나는 것, 그것이야 말로 분명 진정한 예술적 아름다움이리라. 보고 싶지 않은 사무라고치 마모루의 벌거벗은 몸을 억지로 보면서 나는 이런 생각을 했다.

얼굴 없는 인간

'심연을 들여다본다'는 것은 아마도 이런 감각이리라. 이루 말할 수 없이 속상하다.

2016년 7월 26일 새벽, 가나가와현 사가미하라시의 장애인 시설 쓰쿠이야마유리엔에서 중증 입소자 19명이 살해당하는 사건이 일어났다. 가해자는 이 시설에서 근무하던 남성으로, 칼 몇 자루를 준비해 야간 근무 중인 직원들을 붙잡아둔 뒤 실행에 옮겼다고 한다. "중복장애인은 죽는 편이 그 자신이나 모든 사람에게 이익이다. 그러니 내가 한 일은 옳다"고 주장하며, 자신에게 "히틀러의 사상이 강림했다"라고도 했단다. 용서할 수 없다! 이런 격정과 함께 내 마음 더욱 깊은 곳에서는 정체 모를 '억누를 수 없는' 감정이 꿈틀대고 있었다.

가해자가 중의원 의장 앞으로 보낸 편지에는 이런 말이

있었다. "피곤에 지친 보호자의 얼굴, 시설에서 일하는 직원들의 생기 없는 눈동자, 일본과 세상을 생각하면 가만히 보고만 있을 수 없어서⋯." 여기까지 읽은 나는 깜짝 놀랐다. 대학의 어느 수업 시간이 문득 떠올랐기 때문이다.

그날은 정신장애인 지원활동을 하는 분을 초대해 이야기를 듣고 있었다. 그분은 그룹홈 시설을 만들려고 할 때 근처 맨션 주민들이 맹렬히 반대했다는 일화를 소개한 뒤, 주민들과 계속 교섭해나가야 할지 의견을 물었다. 제법 많은 학생들이 어느 쪽에도 손을 들지 못했다. 그리고 제법 많은 학생들이 반대쪽에 손을 들었다. 이유는 도장을 찍은 듯 천편일률적이었다. "물론 나는 시설을 만드는 데 찬성한다. 하지만 주위에서 그렇게까지 반대한다면 누구든 받아들여주는 다른 장소를 찾아야 한다."

그 범인과 마찬가지로 이 학생들도 자기 의견은 아무것도 말하지 않았다. 양쪽 모두 문제의 본질을 똑바로 마주하려 하지 않는다. 자기는 교묘하게 빠지고 다른 누구에게서 책임 소재를 찾으려 할 뿐이다. 자기 의사로 북상하지 않고 주위 기압과 상대적 차이에 따라 궤도를 진행하는 태풍처럼 말이다.

'세이브 보트 로직'이라는 것이 있다. 침몰해가는 배에 세 명이 타고 있는데, 한 사람은 아이, 한 사람은 젊은이 그리고 나머지 한 사람은 노인이다. 그런데 구명보트에는 두 사람밖에 탈 수 없다면, 누가 침몰하는 배에 남고 누가 구명보트에 탈 것인가 하는 문제이다. 물론 정답 같은 건 없다. 어떤 대답을 하더라도 그 나름의 이유가 있다. 모든 조건을 고려해 진지하게 자기만의 대답을 끌어내고, 그 의견을 토대로 다른 사람들과 논의하다 보면 점점 자신의 독자적인 사고가 단련되는 것이다.

　이 질문에 양자는 모두 이렇게 대답하는 듯하다. "애초에 난파할 것 같은 배를 만든 사람이 잘못이다." "왜 세 명이 탈 수 있는 구명보트를 싣지 않았는가." 그렇게 학생들은 방관자 자리에 있겠다고 결정했다. 쓰쿠이야마유리엔 사건의 범인은 문제의 본질을 풀어가려는 노력 대신에 문제 자체를 없앰으로써 결말을 지으려 했다.

　"차별의 반대는 평등이라고, 그저 정답만을 반복해서 말할 게 아니라 배후에 있는 무관심을 직시해야 할 것이다." 사건 직후 일본장애인협의회 대표 후지이 가쓰노리가 일본외

국특파원협회에서 한 말이다. 정말 탁월한 견해이다.

　생각해보면 일본은 최근 10년 동안 장애인, 특히 중증정신장애인 문제에 관해 본질적인 해결을 모색하기보다는 주변 사정과 상대적인 관계 속에서 그때그때 임시방편적으로 대처해오지 않았던가. 이는 어쩌면 장애인 문제에만 국한되는 것이 아니라 교육을 비롯한 다양한 문제에 적용할 수 있을지도 모르겠다. 그렇게 쌓이고 쌓인 응어리 같은 것이 딱딱하게 굳어서 만들어진 하나의 얼굴 없는 인간. 나는 심연 속에서 범인의 이미지를 본다.

'강렬한 이야기'의 그림자

"올해 가장 충격적인 뉴스는?"이라고 누가 묻는다면, 나는 망설이지 않고 2016년 7월에 쓰쿠이야마유리엔에서 일어난 참극을 꼽을 것이다. 피해자 수, 범행 동기, 뒤이은 여러 반응, 그 어느 것을 들더라도 사건이 일어난 지 5개월 가까이 흐른 지금까지 기억에 생생하다. 앞으로 우리는 장애인 문제와 복지 문제, 아니 모든 사회문제에서 이 사건을 하나의 분수령으로 보게 되지 않을까.

전에도 썼지만, 사건의 원흉은 범인만이 아니다. 이 나라 전체에 장애인에 대한, 아니 모든 일에 대한(더 나아가 자기 자신에 대해서도) 당사자 의식의 결여, 또는 방관자 의식 같은 것이 만연해 있는 게 아닐까. 나는 이런 생각을 멈출 수가 없다.

갑작스럽긴 하지만, 2년 전에 전국을 떠들썩하게 만든

사무라고치 마모루의 뉴스를 기억하는가. 귀가 불편한 작곡가라면서 고스트라이터를 고용해 의수를 착용한 바이올린 연주자나 대지진으로 부모를 잃은 소녀에게 곡을 헌정해서 엄청나게 각광받은 남자에 관한 사건이다. 내게는 그 사건과 쓰쿠이야마유리엔에서 일어난 사건이 기묘하게 일치하는 듯 여겨진다.

그때 누구나 한결같이 그 미담에 취해 있었다. "영혼의 음악!" "현대의 베토벤!" 매체들은 그런 찬사를 퍼부었다. 그러다가 아무래도 이상한데 하는 목소리가 나오자마자 모두 손바닥 뒤집듯 그에게 사기꾼이라는 딱지를 붙이고 규탄했다.

"불행하고 불쌍하다×씩씩하게 열심히 살아간다=감동" NHK 교육방송의 〈바리바라〉에 소개된 이 '감동의 방정식'은 두 사건을 연결한다. 사무라고치 마모루는 이 방정식의 성질과 사용법을 숙지하고 있었으며, 이를 교묘히 운용하고 멋지게 계량해 미약을 조제해냈다. 또 천재적인 상술을 구사해 유통경로 진입에 성공했다. 다른 한쪽, 쓰쿠이야마유리엔 사건의 가해자 우에마쓰 사토시植松聖는 중증 중복장애인에게서 "불행하고 불쌍하다" 이외에 "씩씩하게 열심히 살아간다"

라는(아니, '씩씩하게 열심히'까진 아니더라도 애초에 '살아간다'라는) 플러스 계수를 발견해내지 못했다. 그래서 방정식을 '장애인=불행하고 불쌍하다=0'이라는 '살육의 방정식'으로 폭력적 변형을 가한 것이다.

어느 쪽이든 그 뿌리에는 '장애인은 불행하고 불쌍하다'라는 변하지 않는 이야기가 있다. 두 사람 모두 이에 기초해 방정식에 제멋대로 요소를 대입한 뒤 자기가 원하는 답을 도출했다. 거기에서는 각 개인이 지닌 이야기에 귀를 기울이고 공감하는 자세도, 자기가 납득할 수 있는 이야기를 스스로 땀 흘리며 만들어내려는 자세도 볼 수 없다.

그런데 이는 사건을 뉴스로 접하는 일반 대중에게도 그대로 적용할 수 있지 않을까? 우리도 너무나 안이하게 어떤 이야기를 기준으로 사람의 가치를 플러스나 마이너스, 또는 '0'으로 나누는 일에 익숙해진 건 아닐까. 그렇게 언제부터인지 우리도 그 범인과 마찬가지로 판단을 내리는 힘을 잃고, 다른 사람이 제공해주는 강렬한 이야기에 손쓸 새도 없이 휩쓸려버린 게 아닐까. 올해도 잔뜩 보았다. 제트코스터처럼 감동에서 혐오로 손바닥 뒤집듯 마음을 바꾸는 사람들이, 내게는 그렇게밖에 보이지 않는다.

　비틀스의 명곡 〈엘리너 릭비Eleanor Rigby〉의 후렴에는 이런 가사가 반복된다. "고독한 사람들이여, 모두 어디에서 왔어? 고독한 사람들이여, 대체 어디에 속해 있어?"

함께 일하는 진짜 이유

"그냥 파렴치한 거잖아!" 뉴스를 들었을 때 나온 맨 처음 반응이었다.

국민에게 모범을 보이고 나라를 이끌어가야 할 중앙관청이 일제히 고용 장애인 수를 부풀리고 있었다는 사실이 적발되었다. 법정 고용비율을 가뿐히 넘겼다고 했지만, 실은 평균의 반도 못 채웠다는 것이다. 지병이 있는 사람과 근시가 심한 사람, 더 나아가 이미 죽은 사람까지 넣어서 숫자를 조작하고 있었다. 심지어 "나도 숫자에 넣어줘"라고 지시한 '건상자' 간부까지 있었다니, 정말 기가 막힌다. 그러면서 "담당 직원이 인식이 부족한 탓에 벌어진 일일 뿐, 결코 의도적이지는 않다"라고 한다. '상사의 실수는 부하 탓'을 몸소 올바르게 실천하고 있다 하겠다.

이 사건은 냄비처럼 쉽게 달아오르겠지만 이내 식어버리리라. 이렇게 예상하면서 나는 생각에 잠겼다. 어째서 이런 일이 일어날까? 아니, 장애인을 고용하기가 그렇게 싫을까?

우선 머릿속에 떠오른 생각은 '역시 귀찮아서가 아닐까?'라는 것이다. 장애인을 고용하면 이제 '합리적으로 배려'하지 않으면 안 된다. 그러자면 지금까지 하던 대로는 할 수 없다. 역시 번거롭다. 게다가 중앙관청이라 민간기업체와 달리 납부금을 낼 의무도 없다. 자, 그럼 상관없지 않나? 이런 식으로 흘러갔겠지?

그럼 왜 귀찮아하게 됐을까? 그 원인도 생각해보았다. 분명 장애인을 대하는 당사자 의식이 어쩔 수 없을 정도로 결여되었기 때문일 것이다. 장애인에게는 같은 시대를 살아가는 동료로서 평등하게 일할 기회가 부여되지 않는다는 게 무슨 뜻인지 한 번도 생각해본 적 없으리라. "그런 거 상관없잖아"라면서 그저 자신에게 불똥이 튀지 않기만을 바라며 문제의 본질을 똑바로 마주하려 하지 않는다. 그들에게 장애인이란 어떻게든 일단 처리해두지 않으면 안 되는, 게다가 아주 중요하다고도 생각되지 않는 하나의 '요인'에 지나지 않는다.

여기까지 생각하고 갑자기 소름이 끼쳤다. 쓰쿠이야마 유리엔 사건 가해자의 사고방식과 똑같지 않은가! 그에게 중증 지적장애인의 존재는 그저 부담을 강제하는 것 말고는 아무 쓸모도 없는 덩어리였다. 그리고 장애인 한 사람 한 사람과 그 가족들의 마음을 이해하려 하지 않고 망설임 없이 한 번에 말살해버렸다. 다른 한편으로, 고용 장애인의 수를 부풀린 사건 관계자들도 장애인 한 사람 한 사람의 가능성에 주목하지 않고 그저 숫자로 처리해버림으로써 3460명에 이르는, 국가공무원의 삶을 살았을지도 모르는 인생을 무참히 말살한 것이나 다름없다.

일본에서는 장애인이 일하는 것에 대해 민관을 불문하고 그저 복지정책의 하사품으로 보는 견해가 일반적인 듯하다. 그러나 이는 유엔의 〈장애인 권리협약〉과 그 협약에 수반되어 시행되는 개정장애인고용촉진법의 정신에 맞지 않는다. 우리가 함께 일하는 것은 어디까지나 이 사회가 '약하고 무너지기 쉬운' 사회가 되지 않게 하기 위해서이다. 정부를 이끌어가는 위치에 선 엘리트들이 이를 탁상공론으로만 알고 끝내는 것이 아니라, 납득될 때까지 진정성을 지니고 배웠다면 이런 파렴치한 사건은 일어나지 않았으리라.

이런 이유에서 나는 이번 사건을 "거국적인 쓰쿠이야마 유리엔 사건"으로 위치 지으려 한다. "그렇게까지 하는 건 심하지 않아?"라고 할지 모르겠다. 그렇다. 나는 정말로 이렇게까지 말하고 싶다.

〈점자 마이니치〉의 편집장이 쓴 것처럼, 우리는 단순한 감정으로가 아니라 누구든 이해할 수 있는 형태로 우리의 분노를 표현해나가지 않으면 안 된다. 기가 막힌다고 포기하면 아무것도 변하지 않을 테니. 또 〈점자 마이니치〉가 이 사건을 장애 당사자들뿐 아니라 다른 국민들에게도 널리 알리고, 이를 통해 사회 전체의 의식을 변혁하는 진정한 '매체'로서의 역할을 충분히 해내기를 간절히 바란다.

가짜 평범함

쓰쿠이야마유리엔 사건이 일어나고 1년이 지났다. 2017년 7월, NHK 텔레비전은 사흘 밤에 걸쳐 사건과 관련된 프로그램을 내보냈다. 앞의 이틀 동안은 교육방송 채널의 〈하트넷 TV〉에서 그리고 딱 1년이 되는 26일에는 종합채널의 〈클로즈업 현대 +〉에서 방영되었다.

　　나는 사흘째 되는 날에 방영된 프로그램이 특히 의미심장했다. 장애인 관련 문제가 일반 프로그램, 그것도 사람들이 많이 보는 보도방송 프로그램의 한 꼭지로 방송되었기 때문이다. 급히 덧붙이자면, 결코 모든 '복지 계열' 매체를 일반 매체보다 낮잡아 보고 하는 말이 아니다. 그저 장애인은 나름의 특별한 매체가 주어져 있고, 장애인과 관련된 문제는 그 매체에서만 다루면 된다고 여기는 경향이 늘 안타까웠을 뿐이다.

그런데 그 이튿날인 27일 방영된 〈클로즈업 현대 +〉에
는 몇 년 전인가 주식회사 덴쓰電通에서 젊은 여성 사원이 스스
로 목숨을 끊은 사건 이야기가 나왔다. 그는 희망을 불태우며
입사했지만 능력이 뛰어나다는 이유만으로 잔업이 연달아 이
어지는 초과근무를 강요받았으며, 잠도 제대로 자지 못한 채
견디지 못하고 끝내 죽음을 선택하고 말았다. 너무나 가슴 아
픈 사건이었다.

프로그램의 주제는 '일하는 방식을 개혁하자'는 것이었
다. 수익 증진이라는 깃발 아래 인간다운 생활과 신체 리듬 등
은 너무나 간단히 희생당해왔다. 불행히도 여기에 순응하는
사람만이 칭찬을 받는데, 그 보답으로 또다시 노동이 부과될
뿐이다. 그런 방식으로 굴러가는 것이 언제부터인지 '당연'한
일로 정착되고, 이로써 뒷받침되어온 편리하고 효율적인 생활
을 모두가 '평범한' 것으로 여기게 되었다.

그러나 생각해보면, 그런 가짜 '평범함'을 유지하기 위
해 한 사람 한 사람의 개인과 지구 전체에 끊임없이 과도한 부
하가 걸려왔다. 그 사건은 우리에게 이 점을 가르쳐주었으며,
일하는 방식과 살아가는 방식을 바꾸도록 우리에게 경고하는

것이라고 프로그램은 호소하고 있었다.

　나는 이 방송이 실제로는 지난밤에 방영한 것과 한 시리즈였으리라고 생각했다. 쓰쿠이야마유리엔 사건의 가해자 역시 '평범함'을 왜곡하여 해석했기 때문이다. 장애인을 평범함에서 일탈한, "편리와 효율을 만들어내지 못하는 존재"라고 생각했기 때문에 "살아 있을 가치가 없다"고 단정 지은 것이다. 그런데 두 방송을 관련지어 생각한 사람이 과연 얼마나 있었을까. 안타까운 일이다.

　어쩌면 우리 장애인이 이 일하는 방식을 개혁하는 데 딱 좋은 특효약이 아닐까. 지금은 우리 장애인들을 그저 복지의 대상으로만 바라보지만, 만약 정식 직장 동료로 바라본다면 어떨까? 일하는 방식을 개혁하는 일이 조금도 지체하지 말고 해결해야 할 과제로 여겨지지 않을까? 본래가 효율이 나쁜 우리와 함께 직장에서 원활하게 생활해나가려면, 지금까지의 사고방식과 일하는 방식을 반성하고 새롭게 궁리하지 않을 수 없기 때문이다. 방송은 지금껏 비단 깃발 아래 있던 '수익성'이나 '효율' 대신에 '여유', '관계', '행복', '사랑'이 직장 안에서 진정으로, 또한 구체적으로 사고되어야만 한다고 주장했다.

장애인이란 이를 더욱 의식화하고 현재화하지 않고는 못 배기는 존재라고 나는 생각한다.

인터넷상에서 쓰쿠이야마유리엔의 가해자를 '필살사업인必殺仕事人님'이라고 부르며 칭송하는 발언이 소개되었다. "보통 사람들조차 자리 잡고 일하기가 힘든 세상에서 장애인 뒤치다꺼리까지 해야 하나?"라는 것이었다. 거꾸로 된 발상이 아닌가. 지금 세상에서 인간다운 평범한 생활을 돌려놓는 일을 할 수 있는 사람은 바로 우리이다.

- 〈필살사업인〉은 1979~1981년에 텔레비전아사히 계열 방송국에서 방영한 역사 드라마이다. 음지에서 남몰래 악과 싸우는 직업에 종사하는 주인공이 주로 칼을 사용해 악인을 죽여 악을 처단한다. 방영 당시 인기를 모으면서 시리즈도 많이 만들어졌는데, '필살○○○'이라는 제목의 필살 시리즈는 여러 방식으로 악을 처단하는 주인공들의 활약을 그린다. 필살 시리즈는 1970년대부터 현재까지 이어지고 있어서, '필살사업인'은 일본인들에게 아주 친숙한 영웅 가운데 한 사람이라 하겠다.

우생사상과 핵폭탄

1948~1996년에 시행된 우생보호법 아래 많은 장애인이 강제 불임수술을 받았다는 사실이 밝혀졌다. 이 뉴스는 개인들에게 어떻게 받아들여졌을까.

적어도 내게 이 법은 남의 문제가 아니었다. 내가 실명한 원인인 망막아세포종이라는 병은 유전되기 때문이다. 게다가 나처럼 두 눈에 모두 종양이 생기는 경우 유전될 확률이 몹시 높다고 한다. 우리 집안에서는 내가 최초 발병자였으므로 아무것도 몰랐던 부모님에게 의사는 갑자기 눈과 생명 중에서 선택하라 했다고 한다. 그때 의사가 아무것도 묻지 않은 채 목숨을 포기하라고 강제하지 않았다는 점 그리고 부모님이 그 가혹한 선택 앞에서 망설임 없이 목숨을 선택한 것을 내가 얼마나 감사하게 생각하는지 모른다.

나중에 알게 됐지만, 이 법이 시행된 기간에 장애인이 있는 가정을 순회하며 불임수술을 강권한 지방자치단체마저 있었다고 한다. 어쩌면 내가 어렸을 때 불임수술을 시키라고 우리 부모님에게도 강권했을 가능성은 충분하다. 그러나 나는 부모님한테 그런 이야기를 들은 적이 없다. 내 고향에서는 강제 불임수술이 실시되지 않았는지, 아니면 부모님이 그런 권고에서 나를 지켜줬는지 지금으로서는 알 길이 없다.

결국 나는 결혼을 했다. 그러나 배움이 부족했던 당시에는 그런 법률이 시행되는 줄도 몰랐다. 병의 유전율이 그렇게 높다는 것조차 알지 못했지만, 제법 높은 확률로 유전되리라는 점은 알았다. 대학교 수업 시간에 배웠기 때문이다. 교수는 "그러니 이 병에 걸린 사람은 자식을 낳아서는 안 된다. 불행을 반복해서는 안 되기 때문이다"라는 말을 덧붙였다. 그 말을 듣고 당사자인 나는 마음이 몹시 복잡해졌다.

물론 이 일에 관해서는 아내와 많은 이야기를 나누었다. 그렇지만 유전율이 100퍼센트라고 하더라도 우리는 하느님에게서 받은 생명을 거절할 결단은 내리지 못했으리라.

그리고 1988년, 우리는 아들 하나를 얻었다. 준엄한 유전의 법칙에 따라 아들의 한쪽 눈은 적출되었고, 나머지 한쪽 눈의 시력도 많이 잃었다. 그때도 의사와 지방자치단체에서 무언가를 강제당하지는 않았다. 하지만 '다행히도'라는 말을 쓸 수가 없다. 우리의 경우가 어쩌다 보니 맞이한 경우에 지나지 않을지도 모르니.

아들이 태어났을 때, 나는 무척이나 신비한 감각에 사로잡혔다. 조금 전까지만 해도 내가 아버지가 된다는 것은 상상조차 하지 못했다. 그저 불안할 뿐이었다. 그런데 아들이 태어나 첫 울음을 터뜨리는 소리를 듣는 순간, 나는 내가 태어났을 때부터 계속 이 아이의 아버지였음을 직감했다. 그때부터 전혀 다른 세상에 내던져졌다. 내게는 이미 아들 없는 세상이 불가능했다. 그 뒤로 아들과 부자관계에 있다는 사실 위에서만 세상이 존재한다고밖에는 생각할 수 없게 되었다. 그런 감각을 품은 것은 나 혼자만이 아니었다. 부모가 된다는 것은 반드시 새로운 세상을 다시 만들어내게 된다는 뜻이리라.

이런 경험을 하면서 나는 모든 우생사상을 새로이 바라보게 되었다. 그 사상은 이렇게 주장한다. "장애인을 낳아서 불량한 유전자를 남기는 것은 세상 사람들에게 폐를 끼치는 일이며, 세상에 쓸모없는 부담을 강요하고, 또 이 세상에 불행의 씨앗을 퍼뜨리는 것일 뿐이다." 그러나 내 경험은 이렇게 말한다. 장애가 있든 없든, 태어날 생명을 외부에서 칼을 사용해 강제적으로 없애는 것은 그 사람의 온 세상을 파괴하는 것 외에는 아무것도 아니라고.

예전의 우생보호법은 이제 폐지되었다. 하지만 그 근원이라 할 수 있는 우생사상은 더욱 여러 형태를 띠고 지금 우리 가운데에 나타나 많은 이들의 온 세상을 자꾸만 파괴하고 있다. 단방에 지구를 파멸시킬 수 있는 위력을 가진 핵폭탄처럼.

속죄와 보은

2022년 5월, 우리 〈점자 마이니치〉는 창간 100주년을 맞이했다. 전쟁 중에도 단 한 번을 휴간하지 않았다. 이렇게까지 발행을 이어가는 신문은 문자 형태를 불문하고 전 세계에서도 그 예를 찾아보기 힘들 정도이다. 우리 점자 신문과 함께 여기까지 온 선배님들, 또 관련된 모든 분께 깊은 감사와 경의를 표하는 바이다.

보도된 바에 따르면, 창간 계기는 창간하기 10년 전에 영국에서 이루어진 두 사람의 만남으로 거슬러 올라간다. 무역상을 하는 요시모토 다다스好本督는 마이니치신문사에서 파견되어 나온 젊은 유학생에게 이렇게 말했다. "자네도 세상에 속죄 한번 하지 않겠나?" 쿨한 언어의 껍데기를 입은 뜨거운 선의의 씨앗이 먼 이국땅에 머무르던 일본 젊은이의 부드러운 마음에 뿌려졌다.

그즈음 일본은 메이지明治에서 다이쇼大正로 넘어가는 시기였다. 당시 우리 일본의 장애인은 너무나 당연하게도 사람 대우를 받지 못하고 있었으리라. 그때 유럽의 복지 사정을 보고 들은 요시모토의 마음속에 동포 시각장애인들도 같은 권리를 누리게 해주어야 한다는 생각이 들었다. 자신은 경제적으로, 신문기자는 정보로, 즉 각자 하던 일을 바탕으로 그 형태를 만들어보지 않겠느냐고 이 햇병아리 기자에게 권한 게 아니었을까.

그 뒤로 100년이 조금 더 지난 오늘날, 유라시아 대륙 서쪽 끝 섬나라에서 뿌려진 선의의 씨앗은 동쪽 끝 일본에서 멋지게 열매를 맺었다. 그 시절 사람들이 꿈도 꾸지 못했을 많은 권리를 지금 우리는 향유하고 있다. 이렇게 되기까지 우리 신문이 얼마나 힘이 되어주었는지는 헤아릴 길이 없다. 두 사람의 '속죄'는 많은 사람들의 죄까지 속죄해주고 남을 만큼 성과를 이루어낸 것이다.

어느 중학교에서 '인권' 이야기를 해달라는 요청을 받은 적이 있다. 그때 나는 이렇게 말했다. "이 세상에 권리라는 것은 결국 이거 하나입니다. 의무도 하나. 그리고 아무도 가질 수 없는 권리가 하나. 오늘은 이 세 가지만 기억해주면 좋겠어요." 그리고 이렇게 말을 이어갔다. "단 하나의 권리란 사람을 행복하게 하는 것. 단 하나의 의무란 자신이 행복해지는 것. 그리고 단 하나의 아무도 가질 수 없는 권리란 다른 사람의 행복을 방해하는 것입니다. 사람을 죽이면 안 된다는 것도, 스스로 목숨을 끊는 일이 슬픈 것도 전부 여기에서 옵니다."

엥? 왜? 어쩌면 이렇게 생각하는 사람도 있을 것이다. 무리도 아니다. 행복추구권은 보통 중요한 권리로 알려져 있고, 다른 사람을 행복하게 만드는 것은 역시 도덕적 의무일 것이다. 그러나 생각해보면, 무릇 세상에서 다른 사람의 행복에 공헌하는 것만큼 행복한 일이 없다. 또한 다른 사람의 은혜에 보답하기 위해 기쁨을 표현하는 일만 한 것이 없으리라. '권리'와 '의무' 사이에는 그런 다이내믹한 커뮤니케이션이 작동한다고 나는 생각한다.

우리 〈점자 마이니치〉가 창간된 지 1세기가 지났다. 지금 우리는 그때는 상상조차 못했을 정도의 권리를 손에 넣었다. 그렇지만 앞으로 이어질 100년 동안은 현 상황에 머무르지 않고 더 큰 권리를 행사해야 하지 않을까. 그것은 곧, 지금까지 받은 것을 전부 써서 다른 사람들의 행복에 공헌한다는 매우 높은 권리이다. 이것이야말로 '속죄'에 보답하는 최대의 '보은'이 될 것이다. 이를 위해서 우리 신문이 우리에게 정보를 제공해주는 매체로서만이 아니라 우리에게 메시지를 받아 세상에 널리 발신하는 매체로서도 더욱 발전하고 활약하기를 간절히 바란다. 그렇게 될 날을 기다린다.

감사의 말

이 책은 많은 사람들의 다양한 도움이 없었다면 나올 수 없었을 것이다. 먼저, 이 책의 근간이 된 〈점자 마이니치〉 연재를 기획한 사람은 당시 편집차장을 맡은 노하라 다카시野原隆였다. 그 후 8년여 동안 몇 번이나 마감을 어길 뻔하면서도 한 번의 휴재 없이 100편의 글을 쓸 수 있었던 것은 현재 편집장인 하마이 요시후미濱井良文를 비롯한 여러 담당자의 질타와 격려 덕분이라 생각한다. 또 점자 표기에 관해서는 사기 아야토佐木理人 기자에게 반항하면서도 많은 가르침을 받았다. 여러 분들에게 감사한다.

그 뒤 한동안 컴퓨터 속에 잠들어 있던 원고가 빛을 보게 된 것은 〈마이니치신문每日新聞〉의 '금언金言'이라는 칼럼난에서 멋진 글을 쓰는 오구라 다카야스小倉孝保 논설위원 덕분이다. 참으로 영광스럽게도 오구라는 내가 써갈긴 졸고에 관심을 보여주고, 마이니치신문출판의 야기 시로八木志朗에게 소개해주었다. 그리고 야기의 자상한 교정과 조언 덕분에 비로소 이 책이 세상에 나오게 되었다. 두 분의 노고에 충심으로 감사의 말씀을 전한다.

연재 중에 많은 독자들이 지혜를 빌려주고 지도해주었다. 여기에서는 신영홍 시텐노지대학 명예교수와 교토부립맹학교 비상근 강사인 기시 히로미 선생님, 소프라노 가수 시오노야 노부코의 이름을 드는 것으로 여러분에게 드리는 감사를 대신하고 싶다.

나를 경제적·정신적으로 늘 지원해주고, 쓰기 좋은 통역이라는 구실로 여기저기 데리고 다니며 이런저런 나라의 바람을 느낄 수 있게 해준 아내 호리코시 미치요堀越倫代, 나를 이전과 전혀 다른 아버지라는 세상으로 내던져준 마라톤 선수 아들 호리코시 다다시에게도 이 장을 빌려 고마운 마음을 전한다.

마지막으로, 내 '영원의 벗' 나가무네 마오長棟まお에게 삼가 이 책을 바친다.

'통역' 후기

"눈이 자유롭지 않은 분들을 위한 것이니 물건을 올려놓지 말 것!"

우리 집 앞 보도의 점자 블록에 적힌 말이다. 전철역으로 가는 보도의 중앙에는 노란 점자 블록이 깔려 있다. 대체로 선형 블록이 길게 이어져 있고, 횡단보도나 버스정류장 앞에서 점형 블록으로 바뀌어 넓어지다가 끊긴다. 한국에서 본 것과 마찬가지다. 신호등 앞 전봇대에는 희고 네모난 상자가 달려 있는데, 누르면 음성 안내가 흘러나온다. 이 상자에는 시각장애인용임을 알리는 파란색 그림이 그려져 있고 그 아래에 점자가 돋아 있다.

전철역에 도착하면 이 책에서도 언급된 터치스크린 형태의 자동발매기가 여러 대 늘어서 있다. 그중 '텐 키'가 붙은 발매기는 가장자리에 있는데, 여기에는 주요 역들의 이름과 요금이 적힌 듯한 점자판이 붙어 있다. 개찰기에 표를 넣고 들어가면 커다란 목소리로 음성 안내가 나온다. "오른쪽은 여성 화장실, 왼쪽은 남성 화장실입니다." 그러고 보니 자동발매기 겸 충전기에도 음성 안내가 딸려 있고, ATM 기계도 마찬가지다. 승강장에도 내리고 타는 곳마다 점자 블록이 어김없이 깔려 있다. 예전에는 스크린도어를 갖춘 역이 드물어서 시각장애인의 추락 사고가 많았는데, 요즘은 많이 설치되는 추세라고 한다. 일본에 살면서 흰 지팡이를 들고 성큼성큼 걸어가는 시각장애인을 많이 보았다. 그때마다 참 보기 좋다, 일본은 시각장애인이 살기에 좋은 환경인가 보다 했다.

그런데 시각장애인 입장에서 이용해보면 꼭 그렇지도 않다는 사실을 이번에 알게 되었다. 평소 '스이카'라는 교통 카드를 이용해 전철을 타는 나는, 자동발매기 겸 충전기에 카드를 넣고 매끈한 터치스크린을 손가락으로 꾹꾹 눌러 능

숙하게 충전을 한다. 그런데 현금으로 충전할 때는 지폐를 넣는 부분이 상당히 불편하다. 눈이 보이는 사람에게도 얇은 구멍 사이로 간신히 지폐를 넣는 과정은 상당히 까다롭다. 지폐를 삼켜줄 때까지 몇 번이고 다시 펴서 넣어야 한다. 예전부터 모두가 불편해했는데도 전혀 개선되지 않다가 엉뚱하게 컬러풀한 터치스크린으로 바뀐 것이다. 물론 다양한 언어가 지원되므로 재일외국인과 외국인 관광객에게는 큰 도움이 될 것이다. 그러나 시각장애인도 이용할 수 있었던 기능이 없어진 것이나, 다른 대안을 고안하지 않고 간단히 무시해버린 점, 더 나아가 퇴보한 것은 황당하다.

뭔가 도움이 될 것 같던 음성 안내는 스크린 조작이 조금만 늦어도 채근한다. '빨리 돈을 넣으시오', '영수증이 필요하면 선택하시오', '조작이 너무 늦었으니 당신의 세션은 취소하겠소' 하는 식이다. 이 음성 안내가 과연 누구에게 의미가 있을까? 적어도 터치스크린을 사용할 수 없는 시각장애인에게는 아무 도움이 안 된다. 충전한 카드를 개찰기에 터치하면 요금이 얼마인지, 잔액은 얼마인지 시각정보로 출력된다. 뒷사람이 카드를 찍는 순간 바뀌는 액정화면은, '개찰구를 지나갈 때는 주저하지 말고 재빨리 지나가란 말이야!'라고 재촉하는 듯하다. 이 바쁜 시스템에 시각장애인을 배려할 여유는 없어 보인다.

시각장애인이 우여곡절 끝에 표를 샀다면, 이제는 아주 작고 얇은 구멍을 잘 찾아서(아마도 손으로 찾아야 할 것이다) 밀어 넣어야 한다. 이 기계는 매우 민감하고 시끄러워서 만약 잔액이 부족하거나 오류가 생기면 큰 소리와 함께 문이 닫히고(갑자기 닫히면 걸려 넘어질 수 있다고!), 위에 달린 빨간 등불이 번쩍인다. 시각장애인이 이 당황스러운 사태에 직면하면 도대체 어떻게 대응해야 할까. 경광등처럼 번쩍이는 빨간 불빛을 온몸으로 반사하며 언제 어디에서 나타날지 모를 역무원을 하염없이 기다리는 상황을 몇 번이나 목격한 나는 (역무원 감축으로 창구도 줄어드는 추세다), 불빛을 인식하지 못하는 편이 차라리 다행이라는 생각마저 들 정도였다.

운 좋게 개찰구를 통과했다고 치자. 마침 화장실에 가고 싶었는데 "오른쪽은 여성 화장실, 왼쪽은 남성 화장실"이라는 음성 안내를 듣고 점자 블록을 밟아 화장실에 도착했다면 금상첨화겠다. 하지만 막상 화장실에 들어가면 점자 블록은 뚝 끊긴다. 정말 어쩌란 말인가? 긴 줄이라도 있다면? 그 시선들을 생각하면 눈이 보이는 나마저 아찔해진다. 내가 그런 상황에 놓여 있다면 전철 안의 조용한 화장실을 사용하기로 마음먹을지도 모르겠다(일본에서는 수도권 외곽으로 나가는 열차 안에 화장실이 필수적으로 설치되어 있다).

마침 화장실 이야기가 나왔으니, 이 책에서도 잠깐 소개된 열차 안 화장실 소변기에 관해 조금 짚어보겠다. 지은이의 경우 나가노현에서 수도권으로 통근을 한다. 나가노현은 산과 온천이 많은 곳으로, 지은이가 태어난 니가타현과 사이타마현(수도권) 사이에 있다. 이른바 '시골'이자 채산성이 좋지 않은 지방의 완행열차(사철)가 다니는 곳이니, 당연하게도 열차는 거의 한 시간 간격으로 다닌다. 그는 완행열차를 타고 신칸센이 서는 역까지 이동한 뒤, 신칸센을 타고 수도권에 있는 대학으로 출퇴근을 할 것이다. 책에 나온 소변기 있는 화장실은 이 신칸센에 딸린 시설로, 객차와 객차 사이에 있는 남성 전용 화장실과 남녀 공용 화장실 가운데 남성 전용 화장실을 뜻한다.

남성 전용이다 보니 들어가서 확인할 수 없었지만, 밖

에서 본 적은 있다. 이 화장실에는 작은 반투명 유리창을 낸 여닫이문이 있는데, 놀랍게도 잠금쇠가 없다. 누가 들어가 사용하면 창으로 뒤통수가 흐릿하게 비치게끔 설계된 것이다. 다른 화장실처럼 잠금쇠를 달면 될 것을 굳이 유리창을 달아 놓은 것에 관해서는 의견이 분분한 모양이다. 인터넷에는 많은 남성 이용객들이 "나는 상관없다", "문이 안쪽으로 열리기 때문에 사용하는 도중이라면 문이 등에 부딪혀 열리지 않으니 괜찮다", "얼굴이 아니라 뒤통수가 보이므로 괜찮다", "싫으면 대변기를 이용하면 될 게 아닌가" 등의 의견이 올라와 있다. 한 시간 이상 걸리는 장거리 철도 여행에서 화장실은 인간의 기본적인 권리를 보장하는 시설인데, 이것이 누구의 시선과 논리로 만들어지는지 잘 보여주는 대목이다.

한국과 달리 일본은 다양한 장애인 편의시설이 흔하고 이용자도 많이 볼 수 있다. 장애인의 활동이 적극적이고 활발해 보였던 것은 사회의 배려, 즉 자원봉사 단체와 정부 주도로 이루어지는 배리어프리 등의 복지정책 때문이라고 생각했다. 그러나 이것만으로 충분할까. 우리의 공존이 내가 생각한 방식의 공존이 아니었을지도 모른다는 깨달음, 그리고 낯설게 느껴지는 감각. 우리는 같은 공간에 있지만 사는 세계가 달랐을지도 모른다. 그제야 지은이가 쓴 '맹계盲界'라는 단어에 고개를 끄덕일 수 있었다. '맹인', '맹계' 등에 사용되는 '맹'이라는 말에 실제로 비하의 의미가 들어있지는 않으나, 혹시라도 잘못 읽힐까 봐 나와 편집자는 우려했다. 그러나 이런 우려를 비웃기라도 하듯, 지은이가 쓰는 '맹'은 눈으로 보지 않아도 손과 귀로 볼 수 있는 이들이 자신들이 구축한 세계를 향해 품은 자부심으로 가득 차 있었다. 공존 따위 알 바 아니라는 사람들, 눈이 보인다는 이유로 시각에 얽매인 사람들이 자신의 물리적·정서적 편의만을 위해 '친절하게' 만들어놓은 사회의 생존자로서 그의 자부심은 너무나 당연하다.

그러고 보니 나는 누구의 동의도 구하지 않은 채 멋대로 '우리'라고 말했다. 누구든 비슷하지 않을까? '우리'는 좋은 거니까. 그런데 지은이의 '우리'는 눈으로밖에 읽을 수 없는 나, 그리고 비슷한 처지의 독자들은 포함되지 않는 경우가 대다수다. 솔직히 말하면, 처음에 나는 '우리'에서 배제되는 느낌에 너무 놀랐고, 그가 그어버린 차가운 선이 야속하기까지 했다. 심지어 나는 '내가 다수 집단majority에 속하다니!' 하며 한탄까지 했다. 지금 생각하면 너무 부끄러워 쥐구멍을 찾고 싶을 정도이다.

그렇다. '심성 고운' 이들이 자주 사용하던 '장애우'라는 말처럼 친구 사이가 되기에는, '우리'라고 쉽게 말하기에는 너무나 멀지 않은가. 전혀 다른 경험으로 세계를 인식하고 구축하는 이들과의 관계와 공생에 대해 먼저 이야기해야 하지 않을까. 세 발 의자는 네 발 의자에서 다리 하나가 부러져 만들어진 것이 아니라, 애초에 다리 세 개로 만들어진 것이라는 이토 아사의 말처럼 말이다. 다름을, 차이를 인정하고 그 경험과 세계를 인정해야 친구가 될 수 있지 않을까(이런 의미에서 조폭 영화 <친구>는 만만하게 생각하는 사람을 '친구'라고 이름 붙이는 우리 사회의 현실을 잘 드러내주는지도 모르겠다).

눈으로 보는 법밖에 모르는 아주 좁은 세계에서 시각이 이끄는 대로 살아온 나는, 근시로 앞이 잘 보이지 않자 좀 더 도수 높은 안경만을 구했다. 노안으로 눈이 침침해진 지금까지도 눈에 보이는 것에만 사로잡혀 중요한 것에 집중하지 못했다. 내 눈에 얽매이듯 남의 눈에도 얽매여 나의 중심을 잃고, 진정으로 좋아하는 것을 잊고 사는 삶이었다. 이렇게 생각하면 처음에는 낯설고 차갑게 느껴지던 '그들의 세계'가 실제로는 정반대였음을 다시 한번 깨닫게 된다. '그들은' 스스로 누구인지 알았고 무엇을 하고 싶은지 찾았으며 어떤 행동을 해야 하는지 알고 있었다. 그들에게 차갑게 선을 긋고, 그들을 '인간으로 간주'하고 있었던 것은 누구인가.

이 책은 내 낯섦이 내 무지에서 왔음을 알려주는, 나를 향한 구원의 손이었다. 그러자 새삼스럽게도 이 책이 '점자'로 실린 칼럼을 엮은 책임을 깨달았다. 원래는 손으로 읽는 사람들을 위해 점자로 쓰였으나, 눈으로밖에 읽을 수 없는 이들을 위해서 묵자로 바꾸고 편집되어 세상에 나온 것이다. 동시에 이 책이 일본의 한 오디오북 판매 사이트에서 베스트셀러에 올라 있었던 기억이 났다. 아차 싶어 오디오북을 들어보니 역시 달랐다. 그때부터 오디오북도 참고해 번역했다. 따라서 이 책은 통역의 기록이라 해도 좋을지 모르겠다. 그래서였을까. '호리코시 요시하루'라는 이름을 다시 검색했을 때 이전과 달리 인터뷰 기사와 동영상 뉴스가 화면 가득 나타났는데도, 반가움보다는 '목소리'가 검색되지 않는 현실에 안타까움을 먼저 느낀 것은. 시각에만 얽매여 있던 내가 조금은 자유로워졌다는 방증일까?

우리 집 앞 점자 블록에 적힌, 시각장애인은 볼 수 없는 문구 가운데 "눈이 자유롭지 않은 분들"이라는 표현이 나를 지칭하는 듯해 몹시 거슬리기 시작했다.

눈에 너무 의지해서 오히려 눈이 자유롭지 않은 내가,
눈으로부터 자유로운 이의 말을 눈으로 읽을 수 있게 옮기며
노수경